AF124868

Liebestanz

oder

Tod in Berlin

Eine Erzählung

Für Klaus Mann und Max Frisch... –

Sprachlosigkeit

Ist Sprache lernbar? Ist das Ausdrücken von Meinungen und Empfindungen sprachlich-kommunikativ möglich? Wenn ja, welche oder wessen Sprache spricht der Schreibende? Warum spricht der Schreibende nicht, sondern schreibt?

Erwachen

In einer Kleinstadt irgendwo in Norddeutschland beginnt die Sonne aufzugehen. Es ist Frühling. Die Bäume und Sträucher beginnen ihr Grün zu zeigen, das alljährlich vom Anfang neuen Lebens kündet. Die Vögel beginnen zu singen, ihr Gesang begleitet die vitale ältere Frau, die mit ihrem schon altersschwachen Fahrrad ins örtliche Schwimmbad fährt, um dort ihre allmorgendlichen zweitausend Meter abzuschwimmen, während die Straßen die ersten Automobile einladend begrüßen. Andere Einwohner der kleinen Stadt machen sich auf den Weg, die noch warmen ersten Brötchen zu ergattern und mit der Tochter des Bäckers, die am Verkaufstresen hilft, ein kleines Morgenschwätzchen zu halten, vielleicht auch ein wenig mit ihr zu flirten, in der Vorfreude auf ein gemütliches Frühstück daheim. Die junge Frau ihrerseits ist dankbar für jede kleine Aufheiterung, ist ihr Leben doch wahrlich kein Zuckerschlecken, und die Attraktivität der Wochenendamüsements hält sich hier in Grenzen, da die größeren Städte unerreichbar fern der Kleinstadt sind.

Auf einem Grundstück am Rande dieser Kleinstadt steht ein noch nicht ganz abgezahltes Einfamilienhaus. Auf der Auffahrt mit Garage wartet ein schwarzer Kleinwagen auf große Fahrt, der gerade von einem jungen Mann beladen wird. Das Auto wird schon eine lange Weile durchhalten, sieben

Jahre wird es ihm sein treuester Begleiter sein. Während er unterwegs zwischen Haus und Auto noch einige Nachbarn grüßt, steigt die Sonne immer höher.

Er will die Kleinstadt, in der er seine Jugend verbrachte, einfach verlassen, damit seine Vergangenheit, die neben einigen schönen Erlebnissen auch einiges Bittre in seinem Gedächtnis hinterlassen hat. Ihm kommen Gedanken:

Hat ein Mann um die zwanzig schon Vergangenheit? – Kann er diese abschütteln und einfach ein neues Leben anfangen, in einer neuen Stadt?

Er vertreibt aufflackernde böse Gedanken und packt sein Auto weiter. Er sammelt all seine Zuversicht und Lebenskraft, um in der fernen Stadt ein neues Leben zu beginnen und die Dinge, die ihn bisher belasteten, einfach hinter sich lassen.

Hier kann er einfach nicht bleiben...

Das Auto füllt sich langsam: Campingtisch und -stuhl, Zeichen-, Küchen-, Bügelbrett und Bügeleisen, Waschschüssel und eine dreiteilige Matratze sind Dinge, die er in der großen Stadt zu Beginn benötigen würde.

So wohlgestimmt die sonnige, frühlingshafte und in das Zwitschern der Vögel gehüllte Atmosphäre hier war, so auch sein Abschied:

Die welk gewordene alte Haut abstreifen, um wie eine Raupe nach der Verpuppung zu einem Schmetterling zu gedeihen. Alte unangenehme Dinge, Personen und Erinnerungen hinter sich lassen, um verheißungsvolles Neues zu beginnen: Studium in und das Genießen des Flairs einer Großstadt, sich ins Nachtleben hineinstürzen und vielleicht eine eigene Wohnung. - Außerdem sind wichtig: Die Papiere. Zeugnisse. Abitur, Bundeswehr, Praktikum.

Mit dem ebenso vagen wie vorläufigen Ziel, Ingenieur zu werden, wird er nach Berlin ziehen. Ist der vorläufige Lebensplan, das Studium an der Technischen Universität Vorwand? Lückenbüßer? Zeitvertreib? Er war zwar immer jemand, der knallhart pragmatisch zu denken gewohnt war, doch in seiner momentanen Situation sah er keine Nägel mehr, auf die er hätte schlagen können, mit seinem Lebenswillen und all seiner Lebenskraft. Die ihm sich boten, waren mindestens schon angerostet.

Diese alten Panzerplatten! In regelmäßigen Abständen werden auf der Transit-Strecke die Stoßdämpfer seines Autos geprüft, was auf die Dauer auch auf seine schon angeschlagene Bandscheibe geht. Nur das ruhige Fahren bei Tempo hundert mit Blick auf die Landschaft beruhigt ihn. Bäume, Wiesen, Knicks und ab und zu ein wenig Vieh. Hinter den vorbeifliegenden Bäumen marode DDR-Bauernhöfe und natürlich die meist grauen Trabants, selten einmal ein Wartburg. Ab und zu nimmt er einen Schluck Kaffe aus der Thermoskanne, isst ein Stück Toblerone oder zündet sich eine Dunhill oder eine Gauloise, von denen er sich eine Stange im Intershop gekauft hat, an. Dazu hört er Musik von Al Jarreau oder Level 42 und macht es sich während der schleppenden Fahrt in seinem kleinen Auto gemütlich, beobachtet andere Fahrzeuge und lässt seine Gedanken schweifen. Noch etwa eine Stunde, dann wird er die Stadtgrenze von Berlin erreicht haben.

Er stellt sich sein Leben in der Großstadt vor:
Das Studieren ist ja eigentlich der Hauptgrund, den jedoch niemand einem wirklich abnimmt, wenn man nach Berlin geht. Jedermann weiß, daß die Stadt ihre eigenen Reize hat: Verschiedene Kieze und »Szenen«, für jedes Temperament ist etwas dabei, und außerdem gibt es hier keine Sperrstunde, so

daß man nach Herzenslust und –laune bis in die Morgenstunden feiern, tanzen oder diskutieren kann. Na, ja. Aber studieren will er trotzdem, jedoch nicht so gewöhnlich, alles Gehörte aufzunehmen und zu rezipieren, sondern das für sich heraushören, was *ihn* weiterbrächte, was *er* für wichtig hält, also so etwas wie eigenverantwortliches Lernen mit autodidaktischem Touch. Von Descartes und Buddha hat er bisher noch nichts gehört.

Die Grenze rückt näher. In Grenznähe werden die Häuser und Höfe immer seltener und die Grenzanlagen kommen in Sicht. Gottlob ist die Schlange an der Abfertigung heute nicht so lang, es ist Dienstag gegen zwölf, und es sind nicht so viele auf dem Transit unterwegs. Wie gewohnt gibt er dem Beamten seine Papiere, die sie auf das bekannte Förderband legen und kontrollieren. Er muss noch ein wenig stillhalten, dann ist er endlich in Berlin. Und diesmal endgültig.

Mensch, das kann ja was werden: In der heimlichen Kulturhauptstadt würde er leben und studieren! Ja, das war sein Traum: Kultur leben, erleben und dann vielleicht auch noch anderen vermitteln. Das klang zwar nach sehr viel, er aber wusste, was er mit entsprechender Lust und Engagement zu erreichen imstande war, da hatte er schon Erfahrung. Doch was sollte das heißen: Was macht, wie und vor allem wovon lebte so ein *Kulturmensch*? Er wollte es herausfinden.

Endlich in Berlin! Noch die paar letzten Kurven des Stadtrings, und er konnte sein gepacktes Auto auf die via lata fahren. Noch ein leicht ängstlicher Blick nach hinten ins Auto, ob er auch alle Sachen dabei hatte, dann Abbiegen auf den Kaiserdamm. Was für eine Pracht: Hunderte von Autos glitzern in der Sonne, schöne Fassaden säumen die sechsspurige via lata und am Horizont ist die Siegessäule zu sehen. Er genießt die Fahrt auf der breiten Straße, die er jedoch am Ernst-Reuter-Platz Richtung Bülow-, dann Yorckstraße und Kreuzberg verlassen muß. Seine Fahrt führt ihn quer durch die Stadt, von der er mit Leib und Seele Besitz ergreifen will. Kaum hat er die kurzen Blicke auf die schönen Altbaufassaden Kreuzbergs genossen, muss er schon einen Parkplatz suchen.

Nach erfolgreicher Parkplatzsuche geht er die Stufen bis zum zweiten Stockwerk eines Altbaus hoch. Sofort eine Wohnung für längere Zeit zu bekommen, ist natürlich ein aussichtsloses Unterfangen. Er wird zunächst für ein paar Tage hier um die Ecke wohnen, um sich in dieser Zeit um eine länger zu bewohnende Bleibe zu bemühen.

Die Stadt erobern, davon träumt er: Cafés, Frauen, Restaurants, Frauen, Theater, Frauen, Literatur, Frauen, Sport, Frauen, Studium, Frauen, Philosophie, Frauen, Musik, Frauen, Partys und Leute, Frauen, Ästhetik, Frauen, Nachtclubs, Frauen, ... - er kann nicht in der Einzahl denken, er ist einfach jung und lebensdurstig.

Am Morgen nach der ersten Nacht in der vorübergehenden Bleibe geht er erst einmal spazieren. Da die Sonne scheint, ihm gute Laune und Zuversicht in seine Seele leuchten kann, ist der Weg zum Bäcker eine Wonne. Nun kann er das Panorama mit den Altbaufassaden Kreuzbergs auf dem kleinen Weg zum Bäcker in Ruhe genießen. Er schaut sich ein wenig die wenigen Menschen auf der Straße an und denkt zufrieden: »Ja, in dieser Stadt möchte ich leben.«

Vom Bäcker zurückgekehrt, setzt er sich in eine von der Sonne bestrahlte Ecke der Übergangswohnung. Jetzt ist erst einmal Frühstück. Er hatte sich schon eine Zeit lang angewöhnt, allein zu frühstücken und in Ruhe seine Gedanken schweifen zu lassen. Dies hatte er schon im Garten seines

Elternhauses genüsslich an sonnigen Tagen zelebriert: Geröstetes Vollkornbrot mit Salami und Esrom, dazu Kaffee und Zeitung.

Wie ein Leben als kultureller Mensch, oder vielleicht als *Kulturmensch* in dieser Stadt auszusehen hätte, bleibt ihm vorerst nur vage Idee, Kultur hat ja auch mit Theater, Literatur und Philosophie zu tun. Er hatte sich bisher allerdings kaum für Literatur interessiert und gar keine eigenen Bücher im Gepäck, außer einigen technischen Fachbüchern für das Ingenieursstudium an der Technischen Universität am Ernst-Reuter-Platz. Vor seinem Abschied aus der schleswig-holsteinischen Kleinstadt hatte er ein knapp halbjähriges Praktikum als Industriemechaniker absolviert, welches für das Studium obligatorisch war. Bei einer Firma, die Getränkemaschinen herstellt: Kaffeeautomaten, Saftautomaten und andere Geräte, alle in etwas größerer Ausführung für Kantinen und Cafeterien. Feilen, Schruppen und Schlichten, Sägen, Bohren mit der Standbohrmaschine, Drehen an der Drehbank, Tiefziehen, Montage von Elektrosteckern sind Dinge, die er hier erlernen soll. Schließlich soll ein Ingenieur all diese Dinge auch einmal selbst von Hand verrichtet haben. Das war zwar alles für ihn neu und interessant, und auch die Aussicht, einmal ein Ingenieur zu sein, war ob der gesellschaftlichen Anerkennung sehr verlockend. Sein Drang nach Literatur, Kunst und Philosophie jedoch war größer und ließ ihn weder ruhen noch los.

Inspirationen

Auf dem Innenhof des Gymnasiums in Bad Segeberg, der als Raucherecke diente, stand eine Eiche, an der eine Mitschülerin meistens stand, im Sommer auch mal auf der Seite lag und rauchte, während sie sich mit ausgewählten und ihr genehmen Leuten unterhielt. Sie war von stattlich weiblicher Statur, dazu trug sie manchmal etwas sehr kurz geschnittene Haare, und ihr Antlitz mit den hohlen Wangen und dem ernsten Blick schien ausdrücken zu wollen, daß sie an irgendetwas in ihrem bisherigen Leben nahezu um Jahrzehnte gereift war:

Trotzdem sie erst oder noch Schülerin war, hatte sie die Ausstrahlung von einer Frau um die dreißig.

Manchmal getraute Christoph es sich, direkt auf sie zuzugehen, stand mit ihr vor Beginn der Schule an der Eiche, oder legte sich zu ihr im Schatten der Eiche ins Gras. Gerade in sonnigen Mittagsstunden vor weiterem anstrengendem Unterricht waren ihm die Gespräche mit ihr ein willkommener Ausgleich. Im Gespräch schauten sie sich tief in Augen und Seele...

Nach seinem Frühstück geht er ein weiteres Mal zur Mitwohnzentrale. - Zwischen den großen schönen Altbauschluchten kommt er sich sehr klein vor. - Oben in der provisorisch eingerichteten Altbauwohnung im zweiten Stock ist der bebrillte Mann hinter dem gläsernen Schreibtisch sehr nett, geduldig bis zerstreut hört er den Wünschen seines Klienten zu und bedient ihn freundlich, so ganz anders als im nun fernen Westdeutschland in einer derartigen Lebenslage. Er denkt: "Der hat sicher selbst einmal in einer ähnlichen Lage gesteckt, sonst wäre er nicht so geduldig." - Nach fast halbstündigem Blättern in kleinen Mappen, in denen die angebotenen Wohnungen verzeichnet sind, bekommt er eine Wohnung für drei Monate vermittelt.

Der *Kulturmensch*: Was sollte das sein? Gebildet sein, um Kultur wissen, Theaterbesuche? Sich einem bürgerlichen Bildungsideal anpassen, um gesellschaftlich akzeptiert zu sein? Oder vielleicht eher selber Kultur *leben*, lebend verbreiten und vielleicht auch noch produzieren? – Es war einmal sein Traum gewesen, so unabhängig wie nur irgend möglich, am besten von der Luft und der Liebe lebend, der Kultur und Bildung zu frönen.

Die Wohnung für drei Monate ist eine Einzimmerwohnung in dem bürgerlicheren Teil von Kreuzberg mit Innentoilette, jedoch ohne Bad, so daß er, wenn er sich nicht gerade in der Küche der Körperpflege mit Waschschüssel und Waschfleck hingeben will, in ein Stadtbad duschen gehen muß. Oben im zweiten Stock ist die Altbauwohnung eigentlich nicht häßlich: Die typischen hohen Wände und Fenster geben der kleinen Wohnung mit Ofenheizung ein gewisses Etwas. Der Teppich in dem Zimmer ist zwar wellig, aber es ist genügend Platz. Von dem großen Wohnzimmer aus eröffnet sich der Blick aus zwei Fenstern auf die Straße, wo nachmittags durch spielende türkische Kinder in der Straßenschlucht ein reges Treiben herrscht.

Christoph hat sich viel vorgenommen: Selbständig studieren, leben, dann noch kulturell und im Geiste, daher nach seinem Empfinden als Mensch *wachsen*. War das nicht ein bißchen viel? Andererseits hat er einen starken Glauben, der ihn darin bestärkte, besonders seit jener eindrucksvollen Begegnung mit Lara ein Jahr zuvor. Nun sollte er erst einmal für einige Zeit einem technischen Studium nachgehen, um Ingenieur zu werden, aber das war nur ein Vorwand, um in diese wundervolle Stadt zu kommen, um endlich Mensch zu werden.

Die Atmosphäre in dieser Gegend ist wundervoll und eigen: Hohe Altbaufassaden in den Nebenstraßen, die diesen Ort zu einer schluchtähnlichen Stätte werden lassen, grenzen die spielenden Kinder von den Hauptstraßen ab. Es ist wie eine kleine städtische Idylle, die von dem abendlichen Sonnenlicht in eine romantische Atmosphäre getaucht wird. Ab und zu beobachtet er aus dem zweiten Stock Passanten, die gerade Brötchen oder Kohle aus den nahegelegenen Läden holen, oder Studenten, die in Autos steigen, um zur Universität, zu Freunden zu fahren oder sich ins Nachtleben zu stürzen. Sonst ist es ruhig, die Geräusche von der Hauptstraße sind nur Hintergrund.

Er hatte von anderen jungen Männern gehört, die kurzerhand in die Stadt gezogen sind, um etwas freier zu leben als in Westdeutschland, oder einfach, um ein Studium aufnehmen zu können. Daß sie dabei den Staatsdiensten einer Wehrdienstzeit oder des Zivildienstes entgehen, kommt vielen von ihnen dabei sehr gelegen, steht aber auf einem anderen Blatt. - Macht Stadtluft frei?

Einmal sagt Christoph zu Lara unter der Eiche, um , nicht nur wie im Scherze, mit ihr von den neuen Freiheiten der Großstadt zu träumen:
"Wär' das nicht ein schönes Leben: Wir beide in einer anderen Stadt, du vielleicht als Schauspielerin, Malerin, ich als Schriftsteller, Dramatiker, Drehbuchautor, der dir Rollen auf den Leib schreibt?" -
Sie lachte nur hell ihr grelles, lautes Lachen, das jedoch nie ohne eine gewisse verständnisvolle Herzlichkeit war:
"Da müßten allerdings noch einige Jahre, wenn nicht Jahrzehnte in die Lande gehen, bis so etwas wirklich einmal Wirklichkeit werden könnte!" -
War das ein Heiratsantrag? - Vielleicht eher ein Jugendtraum ... -

Ein Jahr zuvor hatte er – nach einem Skiurlaub in Südtirol – über sein Leben nachgedacht: Als Soldat – seine Kameraden

saßen im Pausenraum und spielten Skat – sonderte er sich ein wenig ab. Er nahm sein Pausenbrot und den Kaffee mit vor die Werkstatttore in die Sonne und sinnierte: »Alle sozialen Systeme langweilen mich. Überall gibt es ähnliche Strukturen. Ich möchte entweder Philosophie studieren, Schauspieler werden oder Clochard.« -
Das war aber nicht nur Sinnieren, es war sein fester Entschluss!

Er fand Lara recht attraktiv, nicht nur, was ihr Äußeres betraf, sondern auch ihr Inneres, ihre Persönlichkeit und ihren Geist, der sehr menschliche und fortschrittliche, freiheitlich denkende Züge aufwies. Dies war eine positive Überraschung, denn viele der jungen Frauen an der Schule waren zwar nicht unbedingt unansehnlich, wenn man sich jedoch näher mit ihnen unterhielt, mußte man feststellen, daß sie einfach nur so in der ländlichen Provinz vor sich hinlebten, sich weiter keinerlei Gedanken machten, während Lara einiges mehr an Persönlichkeit und intellektueller Tiefe besaß.

Der Tennisclub lag am Rande der kleinen Stadt, und beim Betreten des Clubgeländes kam man zunächst eine Treppe herunter, nach deren Beschreiten sich der Blick auf eine kleine Rasenfläche und drei Courts öffnete. Unten angekommen, manchmal aber schon auf der Treppe, hatte man verschiedene Mitglieder des Clubs zu begrüßen, darunter manchmal auch einige etwa gleichaltrige junge Fräuleins, die man auch von der Schule her kannte. Mit ihnen gab es nette Begegnungen, teilweise auch Bekanntschaften: So konnte man sich zu einer Stunde Tennis verabreden, über dieses und jenes plaudern, um im Falle einer weitergeheneden Sympathie bei einem Getränk im Clubhaus oder weiteren Zusammentreffen auch ein wenig miteinander zu flirten.

Da er gerade bei den jungen Frauen, für die er sich ernsthaft interessierte, meistens keinerlei Aussichten hatte, verlegte er sich aufs *Schauen*: Schöne Antlitze, Figuren, Beine, Oberkörper, - er mußte immer wieder achtgeben, daß sein *Schauen* nicht in Sexistisches abrutschte...
War er dabei noch er selbst, oder nur noch seine Triebe?
Produkt seines Vaters?

Ein Fehler, den er in seinen zwischenmenschlichen Beziehungen grundsätzlich machte, war, daß er nicht nur auf Menschlichkeit und emotionales Verständis hoffte, sondern sie sogar erwartete, meistens sogar regelrecht forderte. Daher konnte er auch mit den ihm entgegengebrachten Sympathien so schlecht umgehen. Einerseits mißtraute er dem ihm entgegengebrachtem Vertrauen skeptisch, andererseits nahm er ob seiner bürgerlichen Herkunft so Einiges an Anerkennung für selbstverständlich.
Die abendlichen Besuche der erwachsen werdenden Halbstarken in den umliegenden größeren Städten waren schon beeindruckende Ausflüge; in der kleinen Stadt sowie in der Nächstgrößeren war ihr Erlebnisdrang mit zunehmendem Alter nur sehr schwer zu befriedigen. Doch hier erlebte man in Diskotheken Dinge, die auf dem Dorf nicht möglich waren: Die Dorffeste auf dem Lande waren dann doch nichts gegen die urbanen Feste in Kiel, Lübeck oder Hamburg... -

Das Zum-Kunstwerk-Werdende im Moment des Betrachtens von Antlitzen und Gestalten hierbei und im ganz normalen Alltag war etwas, was ihm schon lange vor der Bekanntschaft der Texte des Herrn Adorno in Ansätzen bekannt, und zu einer liebgewordenen Gewohnheit geworden war: Nicht eine Person an sich, sondern eher ihr Äußerliches, Natürliches ohne Manieriertheiten, interessierte ihn aufs Innigste, der im Begriff war, ein Ästhet zu werden... –

Zu der Zeit, in der sich die Geschlechter füreinander zu interessieren begannen, gab es natürlich einige junge Männer, die sich für Lara interessierten. Dabei überspannte ihr Bekanntheitsgrad ob ihrer Persönlichkeit die engen Grenzen ihrer gerade je aktuellen peer-group: Auch außerhalb des Gymnasiums, das sie besuchte, hatte sie so einige Weggefährten gefunden, die ihren Freiheitsdrang und ihre kosmopolitische Freigeisterei mit ihr teilten.

Der Engländer war großgewachsen, schlank bis dürr, und hatte seinen Mitschülern, da er ein oder zwei Klassen wiederholt hatte, einiges an Reife voraus. Dies ließ er sie auch manchmal spüren, was ihm einerseits einige Asympathien einbrachte, ihm aber andererseits eine Sonderstellung in der Klasse verschaffte. So manches mal erschreckte er sie mit einem »Ich bin Hitler!«, was die Jüngeren nicht nur erschreckte, sondern auch befremdete. Er hatte wohl in seinen nicht mehr so jungen Jahren schon etwas Nietzsche gelesen... –
So ein Outsider, so ein Bastard! Er war wohl das Kind eines Engländers und einer Deutschen: Ein Besatzungskind... –
Alles wunderte sich, als Lara dann mit gerade diesem jungen Mann 'zusammenkam', denn dieser war etwas exzentrisch, wenn nicht sogar exaltiert, was allerdings teilweise auch auf sie zutraf. Niemand hatte damit gerechnet, gerade diese beiden einmal als Paar zu sehen, man war erstaunt, verwundert. Christoph allerdings ließ diese Neuigkeit einigermaßen kalt. Er war nicht jemand, den derartige Neuigkeiten bruskierten, er nahm sie eben einfach nur zur Kenntnis, um den Schmerz einer Enttäuschung gar nicht erst in ihm aufkommen zu lassen. Hätte er später in einigen Jahren vielleicht eine Chance bei ihr? –
Mit dem Engländer bezog Lara später eine kleine Wohnung in der Schulstadt Bad Segeberg.

Als Schülerin schon in einer eigenen Wohnung: Das vermochte ihm so Einiges an Anerkennung und Respekt abzunötigen.

Der Schweizer war ein pfiffiges Kerlchen, schon viel erwachsener als Christoph, und er hatte seine Gymnasiastenkarriere zugunsten eines Lehrberufes aufgegeben: Er lernte Automechaniker, einen ziemlich praktischen Beruf, mit dem er dem bis dato verhassten Geistigen vorerst abgeschworen hatte. Und Christoph – Lehrerkind und aus Tradition der Bildung zugeneigt und manchmal auch zu ihr gezwungen – beneidete ihn um seinen Mut... –

Ihre Gespräche waren sehr nett, Christoph besuchte ihn des öfteren in der Kreisstadt, und gerade auch die Liebe zur Musik verband die beiden: Al Jarreau und vor allem Level 42 waren ihre Leidenschaften. Es war ihm, als ob sie sich gegenseitig sowohl bewunderten als auch beneideten: Hier die Tradition der Bildung, dort der Mut zum Praktischen, was sich allerdings auch gegenseitig befruchtete. Der Schweizer hatte mit dem Geistigen, was seinem Alter keineswegs gemäß war, gebrochen, er ging recht viel aus, hatte eine reichhaltige Plattensammlung und schon einige einschlägige Erfahrungen mit Frauen... –

Christoph hingegen stand kurz vor Abschluß seiner Hochschulreife, spielte Klavier und Bass in einer Band und spielte viel und ganz erfolgreich Tennis. Er hatte sich dem Diktat seiner Eltern unterworfen, die der Ansicht waren, mit Abitur hätte man doch viel mehr Chancen im Leben. So war er zum Büttel der Ansicht seiner Eltern geworden, während der Schweizer gegen das Bildungsbürgertum revoltierte... –

Eines Abends machte er sich wieder einmal mit dem motorisierten Zweirad auf den Weg in die Kreisstadt, um seinen Freund, den Schweizer spontan zu besuchen. Er gedachte wieder einmal einen schönen Abend mit netten Gesprächen und Musik bei ihm zu verbringen. Der hatte heute eine Frau zu Besuch, die auch Christoph, neben den vielen anderen Bekanntschaften aus dem Tennisclub, noch kannte: Lara. –

Doch war der Schweizer eher am Drücker, da er wusste, dass Kneipentüren grundsätzlich nach außen aufgehen, und ihr bezüglich Autos so Einiges mehr zu bieten hatte, als Christoph, der verdammte Büttel des Bildungsbürgertums. Er musste also den Schweizer also gewähren lassen, denn er hatte einfach nicht die Möglichkeit, schon aus Zeitgründen nicht, immer und überall bei deren Treffen präsent zu sein, außerdem hatte er an seinem Sport fast ebensoviel Freude, wie *die anderen* bei ihren abendlichen Zusammenkünften und Kneipereien. Außerdem versuchte er, mehr Sinn darin zu sehen, Sport zu treiben, als mit anderen zusammenzuhocken, zu trinken und zu rauchen. Andererseits wahr seine Sehnsucht nach dem einfachen, praktischen Leben groß, und seine Abscheu dagegen mischte sich mit Bewunderung und vielleicht auch etwas Neid, doch machte dies den Graben, der zwischen ihm und *den anderen* ohnehin schon bestand, noch tiefer.

Christophs Eltern sahen dieser Verbindung mit ein wenig Unbehagen zu, entfernte er sich damit doch von ihren so bewährten Werten, die sie zu Ansehen und Wohlstand gebracht hatten: Aus Flüchtlingsfamilien entstammt, hatten sie in der Zeit des Lehrermangels nach kurzem Studium Beamte auf Lebenszeit werden können, was ihm ebenso Sicherheit wie Unbehagen machte. Einerseits Sicherheit in der Welt des Bürgertums, andererseits Lähmung des vitalen Lebens, das war Christophs damaliges Lebensgefühl... –

Die Zeit war um, es war zu spät für derart ausführliche skeptische Räsonnements:
Seit dem Frühjahr liaisonnierte Lara nun mit dem jungen Mann aus der Schweiz, der, kurzerhand und vielleicht zeitgemäß, nach der zehnten Klasse einfach die Schule geschmissen hatte und in einer Autowerkstatt in die Lehre ging. Christoph und Lara hatten sich noch einmal kurz und tief in die Augen geschaut, voll verwunderter, erstaunter Begeisterung, doch dann hatte diese doch nicht für eine praktikable Liaison gereicht... –

Der spätere Trost: Aufbruch nach Berlin!

Nun auf einmal in einer Großstadt zu leben, in der man morgens um vier oder fünf Uhr noch in Nachtclubs tanzen gehen konnte, war einerseits eine tolle Sache, andererseits etwas, was alle bisherigen Lebensgewohnheiten und Sicherheiten auf den Kopf zu stellen vermochte.

Lara hatte ihre Vorzüge: Eine auch heimatlich ziemlich ungebundene Frau, die ihr Glück nun in Berlin suchte. Vielleicht konnte Christoph ihr dabei sogar helfen?

Im Nachtcafé

Später einmal sieht er Lara an einem Wochenende in Berlin, er hat ja sonst nicht die Möglichkeit, da er Staatsdiensten als Soldat nachgeht, und sie gehen mit der *Clique* in ein Nachtlokal. Der Schweizer ist mit von der Partie. Die *Clique* – um den charismatischen Schweizer versammelt – findet sich recht schnell an einem Tisch zusammen, während er sich mit Lara darauf einigen konnte, sich an der Bar zu unterhalten. Abseits des Mainstreams. Individuell eben. Sie trinkt

Kirschsaft, er einen Wodka-Kirsch, und sie parlieren etwas miteinander, um später zu ernsteren Themen zu kommen: "Was willst Du später einmal beruflich machen? - Wirst Du vielleicht heiraten und Kinder haben?" - Lara ist gut gekleidet; ihr Jackett ist mit Schulterstücken ausgestattet, was ihn, mitten im Gespräch zu einem Griff an ihre Schultern veranlasst, während er ihr in die Augen blickt und sagt: "Eigentlich ganz schön, aber diese Schulterstücke verhindern, dass ich dir freundschaftlich an die Schulter fassen kann!" Das sollte eigentlich ein zynischer Spaß sein, aber - er muß 'freundschaftlich' sagen, da Lara ja mit ihrem Schweizer fest liiert ist. Er hat trotzdem das Gefühl, das zwischen Lara und ihm noch nicht alles vorbei ist, sie verstehen sich nämlich wie immer prächtig, es werden Späße gemacht, und nach einigem Gespräch wird sogar heftigst geflirtet.

Er wollte flüchten, endlich leben. In seinem Elternhaus hatte er ja einiges ertragen müssen: Einen Vater, der auf eine autoritäre Weise ihn antiautoritär erziehen wollte; dazu eine Mutter, die die daraus entstandenen Scherben dann wieder zusammenzukleben versuchte, auch wenn einmal ein oder zwei fehlten, so daß er niemals von sich behaupten konnte, er sei am Ende, oder seine Eltern seien ja ach so schlecht zu ihm. Dieser Zustand war ihm daher umso schmerzhafter, aber, da er jung war und eben nichts anderes kannte, dachte, dies habe wohl schon seine Richtigkeit. -

Da er noch keine zwanzig war, konnte er nicht begreifen, daß Freundschaft und Liebe manchmal ineinander übergehen können. - Er war einfach nicht dazu fähig, einfach in eine Einheit mit ihr hineinzuspringen, außerdem: sollte er sich in Angelegenheiten seines schweizer 'Freundes' einmischen ?
Nachdem Lara sich nach dem Barbesuch dazu entschlossen hat, noch tanzen zu gehen, sitzt er mit dem Schweizer in der

Küche und sie trinken noch einige Wodka-Kirsch. Sie unterhalten sich wie sonst auch, diesmal jedoch neben Musik speziell über Lara, bzw. über das Verhältnis des Schweizers zu Lara. Er sagt: "Scheiß Frau! Kannste haben!" – Christoph bekommt große Augen: War da doch was drin? –
Den Schweizer packt eine gewisse Melancholie, er ist nicht gerade glücklich über den Verlauf des Abends in Berlin... –

An einem weiteren Wochenende, an dem er sich nichts anderes vorgenommen hat, reist Christoph per Autostop nach Berlin. Er ruft Lara von einem Freund, den er vom Tennis her kennt und der nun in einem Studentenwohnheim in Berlin wohnt, an, um sich für den Abend mit ihr zu verabreden; nach einigem hin und her verspricht er ihr sogar, eine ihrer Freundinnen noch anzurufen, um sie für einen netten Abend zu gewinnen.
Vielleicht hatte man noch einige schöne Stunden vor sich, andererseits noch viel zu lernen, - in der Großstadt.

Scheinbar war das Interesse von seinen Eltern primär darauf gerichtet, ihre eigenen Lebenspläne und -ziele zu verwirklichen; die Kinder als eigenständige Personen haben dabei untergeordnete Rollen zu erfüllen.

Was es zu lernen gab: Einerseits war man allein, nahezu völlig auf sich gestellt, konnte relativ anonym leben, andererseits gab es viele andere Leute, die sich in ähnlichen Lebenssituationen befanden, daher ähnliche Probleme hatten, hier in Berlin... –

Man trifft sich also zu verabredeter Stunde, ein Kommilitone der beiden jungen Studentinnen von der Kunsthochschule ist auch mit von der Partie, in einem Nachtlokal. Kaum, daß in dem Gemenge ein Platz zu finden ist, muß man nun auch noch recht lange auf seine Getränke warten. Danach wird der

Abend angenehmer: Die beiden jungen Damen sind charmant, eine von ihnen trägt vornehm weiße Handschuhe, und der Kunststudent weiß die kleine Gesellschaft mit Kunststückchen zu unterhalten: Er wackelt mit Ohren und Nasenflügeln und macht große Blasen auf seiner Zunge. Die jungen Frauen sind beeindruckt, lachen laut und herzhaft. Nach dem Besuch des Nachtlokals beschließt man nach einigem Ratschlagen, noch in einen Nachtclub tanzen zu gehen.

Der Kommilitone von der Kunsthochschule verabschiedet sich nach Verlassen des Lokals, und so hat Christoph im weiteren Verlauf des Abends die beiden jungen Damen allein zu unterhalten. Auf dem Weg zu Laras Automobil entscheidet man sich für einen Nachtclub unter S-Bahnbrücken. Dort werden Cocktails goutiert und es ward getanzt. Den Ausgang dieses Abends, diesmal ohne den Schweizer, erinnert er nicht mehr... –

Das war mal was Neues: An dem Nachtclub musste man an der Tür eine Klingel betätigen, und nachdem man von dem Türsteher durch eine nur von innen durchsehbare Scheibe gemußtert worden war, wurde einem Einlaß gewährt: Begrüßung mit Chickeria-Küsschen... –

Dann: Teure Getränke und echauffierte Damen, die nur das Beste für sich wollten, vielleicht gar keine Charaktere? –

Dann, in der neuen Heimat Kreuzberg: Morgens um halb sieben wird aufgestanden, um acht muß er an der Uni sein, vorher genießt er noch Kaffee, die fast halbstündige Autofahrt mit Zigarette, Musik, und manchmal auch Sonne. Um vier Uhr nachmittags taucht er dann in eine andere Atmosphäre ein: Eben noch einer von vielen anderen tausend Studenten - er fragt sich, ob diese genauso in der Masse unterzugehen drohen, wie er - kommt er zurück in seine Straße, wo die *gemütliche* Atmosphäre mit den Altbaufassaden, Türkenkindern und dem Geruch nach Kohle ihn erwartet.

In der Wohnung angekommen, wird zuerst nach-, dann vorbereitet. Gegen zwölf oder eins werden noch Spiegeleier gebraten, einstweilen wird eine Runde um die Häuser gedreht, manchmal kann er sich noch einen Döner leisten.

In den ersten zwei Wochen wird die gesamte Vektoralgebra von einem Assistenten förmlich durchgeprügelt, bevor dann der Professor unter lautstarkem Beifall mit der eigentlichen Mechanikvorlesung beginnt: Die Wissenschaft als Show... –

Wenn schon nicht *Kulturmensch*, dann wenigstens: Neue Leute, nette Gespräche, tiefe Unterredungen, die an das *Eigentliche* des Menschen heranreichen ...

Doch das ist nicht das Ziel eines Ingenieurstudiums... –

Manchmal denkt er: Ohne die Türken und ihr Döner hätte all dies hier nicht halb so viel Atmosphäre und Charme, es würde etwas fehlen. – Er fühlt sich ganz wohl in Kreuzberg... –

Gott sei Dank gibt es auch Tage mit weniger Veranstaltungen und Wochenenden, an denen er am Kanal spazieren gehen und sich mit der näheren Umgebung und den Menschen hier langsam vertraut machen kann. Andere Male steigt er einfach in sein Auto und schaut sich die Stadt an: Kirchen, U-Bahnhöfe, große Straßen, Nachtclubs, Eckkneipen, Straßencafés.

Es wird ihn nie reuen, nach Berlin gegangen zu sein... –

Beeindruckend der große Eingang des mächtigen Hauptgebäudes der Technischen Universität - ebenso wie später die Vortragsgeschwindigkeit des Mechanik-Professors, der, *begeistert* und enthusiastisch von dem zu vermittelnden Stoff, in seinem Vortrag immer schneller wird, um kurz vor dem eigentlichen Ende seines Gedankengangs zuerst nur noch in Hieroglyphen, dann nahezu mit Fingernägeln auf der Tafel herumzukritzeln.-

Auf dem Parkett der wissenschaftlichen Bühne liegen abgebrochene Kreidestückchen...

Die Stimmung am Anfang des Semesters ist allgemein gut; die Studenten sehen einem neuen Lebensabschnitt in einer neuen Stadt entgegen, neuen Freunden und Bekannten. Die Professoren ihrerseits sind von den neuen, unverbrauchten und wissensdurstigen Gesichtern angetan. –

Der Professor prophezeit den etwa 120 Studenten im Hörsaal, ohne ihnen (er betont es) den Mut nehmen zu wollen, daß ihre Zahl am Ende des Semesters sich derart verringern würde, daß er mit den Verbliebenen ein Bier trinken gehen könne.

Er denkt: "Toll, der Mann, auch wenn ich den Kneipentisch am Ende des Semesters nicht mit diesem universitären Curiosum teilen sollte."

Glücklich die Leute, die die Zeit hatten, sich frühzeitig um eine Wohnung zu bemühen, und damit dann auch noch Erfolg. Christoph hängt ein wenig in der Luft. –

Die Gespräche mit den neuen Bekanntschaften von der Universität beschränken sich auf Themen, die zwar nett und adäquat sind, ihn aber - seiner Affinität zur Kultur und der schönen deutschen Sprache mit ihren mannigfaltigen Ausdrucksmöglichkeiten wegen - eigentlich nur am Rande interessieren. - Interessant dagegen die Vorlesung über Grundlagen der Maschinenkonstruktion, in der die Geschichte des Maschinenbaus und damit auch die Geschichte der Industrialisierung den Studenten vermittelt wird. Doch: Ist das alles, was ihm Berlin zu bieten hat? –

Beim Nachsinnen über seine Wohnsituation ist ihm melancholisch zumute, denn: die Wohnungssuche in einer Großstadt wie Berlin gestaltet sich schwierig; ohne Beziehungen oder monatelange Wohnungsbesichtigungen ist fast gar nichts zu machen.

Einige Abende verbringt er in einer Eckkneipe, wo er außer Gesellschaft und Gesprächen Unterhaltung, Erfahrung und die Weisheiten der Älteren sucht, vielleicht eine oder mehrere ernsthaftere Bekanntschaften, vielleicht eine kleine Umarmung.

Die von anderen Studenten als streng empfundene Vorstellung des Professors einer Absolvierung des Ingenieurstudiums in 11 - 13 Semestern findet er korrekt, da er mittlerweile um die Vorteile von Leistungsdruck weiß. Andererseits hat er selbst das ja nicht *unbedingt* vor, und daher gut reden, vielleicht würde er hier für immer ein Außenseiter bleiben... –

Er beobachtet: Der Mann am Tresen hat eine mittelstarke Brille auf der fast hexenhaften Nase, dazu eine frustrierte Körperhaltung, die keine gute Stimmung verbreitet, und ein Bier vor sich stehen. Trotzdem: Irgendetwas, was von Tiefe und Tragik menschlichen Daseins künden will, strahlt er aus.

An einem Nachmittag geht er unten auf die Straße, um aus einer kleinen Telefonzelle Lara anzurufen. Sie ist nett wie immer und er erzählt ihr von seiner neuen Wohnsituation; ob sie wirklich keine Zeit hat oder einfach wieder nur überlastet, jedenfalls bittet sie ihn recht schnell, das Gespräch zu beenden. Ohne eine Verabredung läßt er sie jedoch nicht auflegen.

Die Verabredung mit Lara zum Frühstück in einem Café fällt aus. –

Zu lange hatte er versucht, sich nach Vorstellungen und Anschauungen von ihr und ihrem Bekanntenkreises zu verändern. - Warum ändern? Konnten *die anderen* ihn nicht einfach so nehmen, wie er nun einmal war? - Er hatte immer sehr viel über Beurteilungen seiner Person durch andere nachgedacht, bis hin zu einer gewissen Abhängigkeit, was ihn ängstlich und unsicher, ja manchmal sogar teilweise handlungsunfähig gemacht hatte, weil er nicht wußte, ob *die anderen* seine 'Handlungen' gutheißen würden.

Die Anderen, das war als Soldat seine neue Welt gewesen, nun sollten es seine Feinde sein? Sollten sich die Verheißungen eines neuen Lebens als unverwirklichbare Illusionen herausstellen? Es hatte doch schon so viele positive Signale gegeben... –

Andererseits: Er war sich unsicher, was für eine Art Beziehung er mit Lara eigentlich hatte. War es Freundschaft, studentische Kumpanei mit amourösen Anklängen, war es die große Liebe? Wankend, taumelnd in dieser Unsicherheit, näherte er sich dem Café, in dem sie sich verabredet hatten. Die Unsicherheit wurde auf dem Weg zur Unklarheit und Angst vor Ablehnung, und so entschloß er sich mitten auf dem Wege zu der Verabredung, diese einfach platzen zu lassen. War das Scham und Feigheit?

Ein Teil der Kommilitonen ist aus Westdeutschland, der andere, allerdings weitaus geringere Teil ist von hier. Die Ortsansässigen sind zwar nett, kommen ihm aber auch ein wenig arrogant vor; oder: Sie sind halt von hier und kennen sich aus, daher selbstbewußt. Beneidet er sie? - Er ist sich nicht sicher.

Eines Abends, von seiner Wohnungsnot berichtend, bekommt er das Angebot, für etwa drei Monate bei dem älteren Mann aus der Kneipe zu wohnen. - Nach anfänglichem Zögern sagt er zu.

So etwas wie allgemeiner Freiheitstaumel macht sich breit: Gerade die aus Westdeutschland zugereisten Studenten sind froh, endlich in der Stadt zu sein, fröhlich, offen und gut gelaunt.

Der ältere Mann ist schwul und steht auf junge Männer. Das macht die Sache für ihn ebenso leicht wie schwer. Aber immerhin neu und interessant.

Christophs Leben nimmt seinen Lauf, auch abseits vom Ingenieurstudium... –

Eines Tages wird er von einem flüchtigen Bekannten aus der Eckkneipe gefragt, ob er nicht auf eine Party mitkommen wolle, es würde ihm bestimmt gefallen. Nach anfänglichem mißtrauischem Zögern sagt er zu, und so begeben sich die beiden des abends mit seinem Auto auf den Weg. Schon in erwartungsvoller Stimmung, scherzen sie auf der Autofahrt - vielleicht auch, um sich auf die Atmosphäre auf der Party einzustimmen. –

Auf dieser *Party*, gottlob keiner *Fete* (er hatte Feiern für sich kategorisiert und die *Feten* eindeutig abgelehnt, da sie ihm immer als eine alternative Notlösung vorgekommen waren, bei der man nur locker aufzutreten hatte), trifft er auf seinen *Onkel*, den er zwar vorher nie gesehen, aber doch irgendwie gespürt hatte, daß es ihn gab.

Im Sommer, man kann draußen sitzen, das heißt, direkt an der Straße, und er kann dem 'Älteren' von Familiengeschichten erzählen, hier: Von seinem Vater. Der ältere Schwule hört wenigstens ernsthaft zu. Das hatte er bisher selten erlebt, die meisten seiner Gespräche waren oberflächlich geblieben.

Er berichtet: Sein Vater hatte, bis er 25 Jahre alt war, bei seinen Eltern gelebt, da diese wohl sehr an ihm hingen, besonders die Mutter; außerdem hatte er seine Ausbildung noch abzuschließen. Als dieses vollbracht war, baute er zusammen mit seiner Frau ein Haus, sie schenkte ihm zwei Söhne, und er konnte endlich unabhängig von seiner bisherigen Familie leben. Später allerdings hatte der Vater Vorstellungen und Träume, die mit der der Realität nicht mehr so viel zu tun hatten; außerdem trank er des Öfteren ein wenig über die Maßen. -

- Was sich an Eckkneipen so alles abspielt! -

Der Onkel ist sehr gut gekleidet: Das obere Ende seines Hemdes ist mit einer Fliege verziert, am unteren Ende der eleganten Tuchhose sind Schuhe zu entdecken, die gut und teuer aussehen.

Er bewegt sich mit vornehmer und gefasster Zurückhaltung auf der Festivität, auf der scheinbar nur gute Freunde zugegen sind, das heißt: Er nimmt mal einen Drink zu sich, plaudert ein wenig mit den ihm bekannten Gästen, und bedient sich bei Bedarf am reichhaltigen Buffet.

Sein einziges narzisstisches Benehmen äußert sich in dem Überreichen einer Visitenkarte seines Reisebüros, auf deren Rückseite er zur weiteren Kontaktaufnahme seine private Telefonnummer schreibt. Aber: Christoph ist beeindruckt.

Christoph erzählt dem Älteren von seiner seltsamen Beziehung zu seinem Vater: Dieser hatte immer wieder versucht, so etwas wie einen Freund in seinem Sohn zu haben;

dieser wiederum ist manchmal nicht abgeneigt, eigentlich aber eher verwirrt und angewidert. Die trinkende, manchmal einsame Seele seines Vaters erweckt sein Mitleid; ihm selbst will er es allerdings *nie* zeigen, da er Mitleid für Erniedrigung hält. –

Die gleißende Sonne vermag die Stimmung ins Künstlerische zu erheben: Gäste, nahezu auf der Straße sitzend, einige Automobile, die die Straße entlangfahren, und die allgemeine Atmosphäre in diesem Stadtteil reizen seine Seele, Wahres zu sprechen. Er spricht von seinem Vater, dessen persönlicher Tragik, nicht ohne zu betonen, wie nahe er ihm teilweise ist, wie sehr er mitfühlt. Das hatte bei diesem teilweise dazu geführt, keine Unterschiede mehr zwischen ihm und seinem Sohn zu sehen, er pflegte zu sagen, sie seien sich gleich, was beiden geschadet hatte.
Er weint beim Bier, draußen, direkt an der Straße. Der Ältere sagt: "Laß' dich nur gehen, das wird dir guttun!" Flennend, schluchzend, dankt er dem alten Schwulen für sein Gehör.

Die Party war unter anderem so beeindruckend und interessant für Christoph, da es sich bei den Gästen ausschließlich um homosexuelle Menschen handelte, Männer wie Frauen, etwas, was ihm noch nicht untergekommen war in seiner bisherigen ländlichen Heimat, daher neu, spannend und aufregend... –

Von dem folgenden Jahr ist von Christoph und seiner Reise in diese »Unterwelt« nichts überliefert... –

Die Straße, in der der Onkel in Lichterfelde wohnt, ist ruhig und schön. Es scheint ihm wie ein Paradies, diese Stille und ästhetische Ruhe. An ihrem Ende befindet sich ein Marktplatz, einige Schritte entfernt ist eine Pizzeria mit Garten. Die Gegend scheint Christoph, da mit keinerlei Erinnerungen besetzt, geeignet, um in sein neues Leben zu springen. Er will unbedingt zugreifen.

Aber, seine zunächst als persönlich erinnerte Geschichte ist, wie er wesentlich später erfährt, nicht unbedingt besonders; in den 80'gern war es für Eltern durchaus normal und sogar *legitim*, da dem Zeitgeist gemäß, sich ein nicht kleines Stückchen von der Jugend ihrer Kinder *abzuschneiden*, sich einzumischen.

Die Wohnung des Onkels ist im Hochparterre gelegen, und schon bei deren Betreten macht sich durch die dunkelblaue Auslegware und die weiße, neutrale Rauhfasertapete eine freiheitliche Stimmung breit. Das Bad ist weiß gefließt und gekachelt, ebenso wie die Küche, und in Wohn- und Schlafzimmer sorgen Zimmer- und Fensterbrettpflanzen für eine entspannte, angenehme Atmosphäre. Er spürte: Hier war Raum für Dichten, Denken, vielleicht sogar für Malen.

Waren seine Eltern trotz ihrer aufgeschlossenen Fortschrittlichkeit anfällig für Zeitgeistliches?

Bein Betreten der meist frisch gereinigten Küche traten am Ende eines weißen, länglichen Marmortisches stets frische Blumen in das Blickfeld des Besuchers, was die allem Ästhetischen aufgeschlossene Atmosphäre noch verstärkte... –

Ja, es gab dann doch einen Ausweg aus der Misere des Büttels des Bildungsbürgertums und der rein praktischen Jugend: Hier bei seinem Onkel fühlte er sich endlich einmal wieder wohl: Neben angenehmen und anregenden Stunden in Restaurants und Nachtclubs begehen die beiden auch viele Stunden bei dem Onkel zu Hause. In der geräumigen Küche sitzend, disputieren sie über Gott und die Welt, nicht zuletzt auch über

Eltern und deren Ansprüche und Beziehungen zu ihren Kindern... –

Der Charakter des Onkels stellt sich ihm dabei als eine gelungene Mischung aus Klassischem und Modernem, nicht unbedingt Zeitgeistlichem dar. –
Der Onkel ist vom spanischen Temperament begeistert, nicht nur durch die Gipsy Kings... –
Es scheint Christoph, dass kein Volksstamm dem spanischen an ästhetischem Temperament gewachsen ist...

Auch nach seiner Volljährigkeit unterlassen die Eltern es nicht, sich in seine privaten Angelegenheiten einzumischen, sie können nicht loslassen - Unzucht mit Abhängigen? - Pädophilie? Christoph ist einfach nur wütend... –

Im Sommer sitzt er sehr oft einfach mit dem Onkel nur im Garten der Pizzeria in der Sonne. Diese befindet sich an einer Straßenecke, ist von einer Hecke umsäumt und die bunten Lampen über ihnen geben der ganzen Athmosphäre hier etwas sehr Einfaches, wenn nicht gar Proletisches. Kiesboden, die alten Gartenstühle aus Eisen, mit Holz beschlagen, tragen ihrem Teil zu dieser einfachen und ehrlichen Atmosphäre bei. Sie genießen die Sonne, die Stille und die ruhige Gegend; die wenigen Worte, die gewechselt werden, erzählen vom 'Schönen'. Die durch ihre Entfernung zu Gewohntem objektive Umgebung läßt die beiden in einem Freiraum schweben und schwelgen, den sie - und das eigentlich fortwährend - nur ungern verlassen.

Rückblende

Auf der Geburtstagsparty einer gemeinsamen Bekannten sah man sich wie zufällig wieder. Nach Gesprächen mit Freunden stand man plötzlich gemeinsam an einem Ort, von dem man den gesamten Garten und damit auch das Treiben der anderen Gäste beobachten konnte. Christoph hatte eine weite, weiße Tuchhose an, darüber ein messingfarbenes Polohemd, was ihn von den anderen Gästen zu unterscheiden vermochte, wenn nicht gar hervorhob. Sie war mit einem kurzen Rock bekleidet, unter dem ihre Beine, umhüllt von einer schwarzen Strumpfhose, nicht minder beeindruckten, als ihre Oberbekleidung: Eine einfache Jeansjacke, unter der sie nichts weiteres zu tragen schien, als ihre Haut, so daß Blicke in ihren Ausschnitt, gerade noch anständig, erlaubt, ja vielleicht von ihr selber sogar provoziert und erwünscht waren. Er sagte entsetzt bis pikiert: »Lara, wie siehst *Du* denn aus? Was sollen denn die Leute sagen?« - »Ist mir doch egal, was die *Leute* sagen! – Hauptsache, sie reden über mich!« Sie war eben von dem Urteil der Leute in ihrer Umgebung nicht gerade abhängig, daher für ihn so etwas wie 'erhaben'.
Der Schweizer stand abseits von ihnen, nicht weit von dem Grill, in einer Runde von Freunden, unter denen er recht angesehen war. Christoph gesellte sich zu der kleinen Runde, um an den Gesprächen teilzuhaben und seine Zugehörigkeit zu demonstrieren, und kramte eine Zigarette heraus. Der Schweizer gab ihm mit einer eleganten Geste Feuer, und sagte: »Hier, Chef!«.

Was war denn *das Schöne, das Ästhetische*?- Innere Schönheit, äußere Schönheit, Schönheit bei Frauen, Schönheit

bei Männern, Schönheit bei Landschaften und Bauwerken, Schönheit in den Künsten, das Authentische?
Die Sonne trug ihren Teil zu seinem inneren Dialog bei.

Was ist 'das Schöne in den Künsten' ? Die Anmut? Die Einfachheit? Die Moral? Der Geist? Ästhetik? - Acht Jahre später macht er die Bekanntschaft mit Th. W. Adornos "Ästhetischer Theorie", in der dieser die Flüchtigkeit im Natur- und Kunstschönen zu beschreiben versucht. - Waren Frauen und Onkel für ihn *nur* flüchtige 'Kunstwerke' oder waren sie mehr?

Nun endlich hatte er Anerkennung von dem Schweizer erfahren, der ihn eigentlich immer nur als den Kleinen inspirativen aus der Provinz gesehen hatte.

Wissen denn alle von den 'Leiden' eines werten jungen Werther? Eltern hören jedes mal gierig aufmerksam und interessiert zu, wenn Christoph mal wieder von einer seiner vielen amourösen Begegnungen spricht. Hatten sie so etwas nie erlebt? Fehlte ihnen etwas?

Die Gespräche mit dem Onkel über 'das Schöne' und Ästhetik sind für beide nicht nur Ablenkung und Trost, man versucht auch, vieles davon in die Praxis umzusetzen: Nicht nur sich auf Äußeres, sondern auch auf innere Haltungen, die sich auf das Einfache, Menschliche beziehen, zu konzentrieren. Dies ist für beide Balsam für die Seele... –

Ist das Interesse der Eltern ehrlich gemeint, oder soll es sie nur von ihren eigenen Problemen ablenken? Schert es sie überhaupt, ob er bei seinen Versuchen, auch einmal etwas Glück zu erhaschen, réussiert, oder hören sie nur aus Pflichtbewußtsein zu? –

Aus Spaß, aber auch mit ernstem Hintergrund beschließt er mit dem Onkel, ab und zu einige zu damenhaft selbstbewußte junge Frauen zu foppen, bzw., ihre Selbstbewußtheit auf Standhaftigkeit zu prüfen.

Müssen die Eltern eigentlich immer nur das mitmachen, was gerade der Jugend neueste Schrei ist, oder haben sie zwischendurch auch mal eigene Vorstellungen von 'Aufzucht und Hege'? Inwieweit huldigen sie dem Zeitgeist? Naja, Eltern sind auch nur Menschen... –

Einen Abend ist eine gute Freundin des Onkels eingeladen. Das ist *die* Chance!
Sie ist gut bis vornehm gekleidet und feierlich gestimmt. Ihre homosexuelle Individualität wirkt ansteckend... –
Christoph kann auf ihrem Antlitz allerdings auch ein gewisses Mißtrauen ausmachen, daß gerade dann in Erscheinung tritt, wenn er mit dem Onkel flüstert oder in Metaphern spricht - will sie sich nicht einmischen oder ist sie eifersüchtig? Man einigt sich, in der Küche zu bleiben, setzt sich jedoch nicht, sondern parliert im Stehen. Er hat mit dem Onkel vorher ausgemacht, die frappierende Wirkung von Wodka-Kirsch an ihr auszuprobieren, das heißt, ihr einen 'Kirschsaft' anzubieten. Erst bei Nachfragen ihrerseits wird zugegeben, daß ihr Drink etwas Wodka enthält.
So toll war das zwar nicht, aber sie ist angetrunkener, als sie vorher dachte, man hatte seinen Spaß gehabt und wollte ja auch nicht zu weit gehen.

In Berlin

Lara hatte schon länger nach ihrem Studium an der HDK eine eigene Firma gegründet, in der sie frei war, jedoch auch viel zu arbeiten hatte.

Er stand direkt neben ihr, während sie an einem Schneidetisch arbeitete, und sie unterhielten sich offen und frei, was Christoph schon vor Jahren an ihr so erfreut und fasziniert hatte. Es war für ihn wie im siebten Himmel. Konnte nun endlich das, was er seit langem sich als seine und ihre Zukunft vorgestellt hatte, endlich Wirklichkeit werden? Waren all die Hemmnisse, die sie all die Jahre niemals zueinander kommen ließen, der Schweizer und die anderen Männer nun plötzlich mit einem Schlage vergessen, beseitigt? Hier nun in Berlin? –

Beinahe hätte er, ohne es selber eigentlich zu bemerken und zu wollen, aber dennoch durch ihr Gebärden nahezu aufgefordert, seine Hand um ihre Taille gelegt, doch war dies angebracht und wirklich mehr als Freundschaft? –

Ihm kamen Zweifel und Skrupel: Sie hat doch einen Freund, einen Verlobten, mit dem sie die Firma macht, kann ich das wirklich wagen?

Später stellt er fest, daß Eltern grundsätzlich eifersüchtig sind, wenn Sohn oder Tochter Freund oder Freundin haben. Beim Sohn ist es die Mutter, bei einer Tochter der Vater, die sich, teilweise auf unangenehme Art und Weise, in Liäsonen einmischen.

War das nicht ungeheuerlich?

Trotzdem: Endlich eine Frau, die ihm ohne viel Worte zu verstehen geben konnte, daß sie ihn mochte, ja, vielleicht sogar mehr...

Einen weiteren Abend machte er es sich beim Onkel wieder einmal in der Küche *gemütlich*: Großer Marmortisch, frische Blumen, einen Krabbencocktail vorweg und dann Filetspitzen mit Pfifferlingen, wie so oft, währenddessen: Gespräche... – Onkel Alexandre lauschte seinen anregenden Erzählungen, warf ab und zu etwas ein, während Christoph einen Gin-Fizz anrichtete. Beim Zerteilen der Zitrone mit einem Messer schnitt er sich versehentlich in seinen linken Daumen, und zwar so, daß fast die Fingerkuppe hätte dran glauben müssen. Alexandre war erschreckt und fragte nach, ob er große Schmerzen habe. Er jedoch, da er aus seiner Erfahrung wußte, daß Schnittwunden meistens nicht so schmerzhaft sind, genoss die tiefrote Farbe seines Blutes leidenschaftlich und ästhetisch. Er hält seinen blutenden Daumen vor die weiß gestrichen Küchenwand und sagte: "Ist das nicht eine tolle Farbkombination, dieses dunkle Rot vor dem weißen Hintergrund? Alexandre schweigt. Er ist entsetzt, da dem Körperlichen eher zugeneigt als dem Ästhetischem, dem manchmal schon einmal der Tod beiwohnt.

Die Eltern:
Immer wieder kommt es zu Disputen über seinen eingeschlagenen Lebensweg, Geld, oder sonstiges, obwohl einiges Langfristige wie ein frei gewähltes Studium eigentlich schon ernsthaft abgesprochen war.

Im nächsten Frühjahr werden auf dem Hinterhof in Lichterfelde Blumenkästen bepflanzt, und als eine junge Frau, die seit kurzem Nachbarin ist, vorbeikommt, stehenbleibt und sich zu einem Smalltalk hinreißen läßt, schickt der Onkel ihn, eine Flasche Brandy zu kaufen. Anschließend goutiert man diesen, parliert und macht Späße, manchmal anzüglicher Art.

"Man fühlt sich doch gleich wohler, wenn man mit neuen Nachbarn ein nettes Verhältnis hat, außerdem sind Blumen eine schöne Sache, gut für die Seele usw."
Nach einer guten Stunde - die Flasche Brandy ist fast leer - verabschiedet sie sich dankbar. - Ihr Name ist Hanna. -
Als die Temperaturen sommerliche Dimensionen angenommen haben, sitzen sie zu dritt in der Küche beim Kaffee - Hanna hat ein geblümtes, langes Sommerkleid an, die Herren sind auch nicht schlecht gekleidet, und so kommt es zu *netten* Gesprächen.

Der kleine Nachtclub in Charlottenburg ist eine vortreffliche Wahl des Onkels: Draußen ist eine übergroße Flasche Sekt, die gerade übersprudelt, an die Wand gemalt, und eine Klingel neben einem verspiegelten Fenster angebracht.
Die Bedienung und die Gäste sind nett, aufgeschlossen und tolerant, die Musik ist zeitgemäß und tanzbar.

Hanna ist nicht nur einzig aus Einsamkeit oder Enttäuschung ihrer ehemaligen Beziehung mitgekommen, sondern aus purer Lust und wegen der sympathischen Begleitung; mit zwei Männern ausgehen, das passiert nicht alle Tage! Na, prima! - Was denkt sie sich dabei?- Na gut. Christoph, der er nunmehr seit fast dreieinhalb Jahren, aus vielleicht nur ihm bekannten Gründen, jeglichem näheren Kontakt mit dem weiblichen Geschlecht aus dem Wege gegangen ist, vermag sich umsomehr darüber zu freuen, da er zudem ihre Zugeneigtheit zu der kleinen Gesellschaft teilweise und immer mehr auf sich bezieht.

Der Onkel freut sich auch.

Später dann verabredet er sich telefonisch mit Hanna, der Onkel weiß nichts davon, in einem Park – Café: Im

Hintergrund des großzügig angelegten Parks nahe des Teltowkanals und des Lilienthaldenkmals hat man eine vornehme Lokalität eingerichtet. Das erste Rendez-vous: Beide sind aufgeregt wie Schulkinder, obwohl schon über zwanzig. Er denkt: "Wahrscheinlich genießen wir beide diese verjüngenden Frühlingsgefühle!"

Als sie Christoph auffordert, seinen Mantel auszuziehen, verneint er, dankbar für ihre versuchte Annäherung: Ein wenig Distanz wollte er dann doch vorerst halten, im Schutze des ihn erwachsen scheinen lassenden Kleidungsstücks.

Der Onkel hatte einen Fehler: Er war besitzergreifend.

Wieder später, in ihrer Wohnung auf dem Schlafsofa, schreit sie des nachts bei Intimitäten. - Von oben dröhnt die spanische Musik der Gipsy Kings durch das Haus...

Ihm war es recht, denn das, was ihm die vereinnahmende Art des Onkels angetan hatte, schien nach rachlüsternen Aktivitäten zu schreien.

Onkel Alexandre war immer eifersüchtig gewesen, egal auf wen oder was, er konnte es einfach schlecht ertragen, wenn etwas oder jemand anderes für Christoph im Mittelpunkt der Gefühle stand als er selbst.

Eines Abends fährt er in einem Taxi mit dem Onkel zur Geburtstagsfeier eines Berliner Jurastudenten nach Frohnau. Auf der Stadtautobahn werden sie von einem Wartburg überholt. Christoph sagt: "Ist das nicht schön, daß unsere Mitbürger aus der ehemaligen DDR jetzt wenigstens nach West-Berlin herein fahren können? Ich denke, es werden noch ganz andere Dinge auf uns alle zukommen!"

Der Onkel ist genervt: „Mal den Teufel nicht an die Wand!" – Er war eben ein verwöhnter, etwas hochmütiger Berliner... –

Ein Abend wie deren viele: Es ward eingekauft, gut gekocht und getrunken, in der schönen Wohnung des Onkels Alexandre. Ruhe genossen, Ästhetik gepflegt und offen miteinander geredet, wie schon lange Zeit. Doch im Taumel der durch Alkohol verstärkten Gefühle wird Christoph des Lebens im goldenen Käfig des Onkels langsam überdrüssig. Er will noch weiter. Immer weiter zu sich selbst. Nach einigem Gespräch eröffnet er dem Onkel auf seine Frage hin: »Ich habe Dich geliebt, doch ich liebe Dich nicht mehr!« -
Der Onkel, gefesselt an die Vergangenheit, erinnert, mahnt und versucht zu verlocken: »Aber unsere *Gespräche*!« - Christoph wird zynisch und wütend über die Selbstüberschätzung des Onkels: »Ich kann mich auch mit einem Müllmann unterhalten!« -

Es gab noch ein paar Haltungsversuche seitens des Onkels, doch letztendlich musste selbst er einsehen, dass die gute, ästhetische und freiheitliche Zeit mit Christoph endgültig dem Ende entgegenging. Einst hatte Christoph immerhin freiheitlich proklamiert: »Liebe heißt loslassen können!« -

Eines Abends klingelt Alexandre an der Tür von Hanna, die inzwischen auch er recht liebgewonnen hat, wechselt drei Worte mit Christoph, um feststellen zu müssen, daß ihre Liaison *wirklich* beendet ist, verabschiedet sich mit einem Kuß auf die Wange und den Worten: "Pass auf dich auf!" ...
Christoph entgegnet: "Ja, das werde ich!"

Hanna hatte eine Schwester. Sie war etwas kleiner als Hanna und fast genau um ein Jahr jünger. Sie war, was das teilweise idealistische Reich des Geistes betraf, ein wenig aufgeschlossener, daher aber auch, was das Leben anging, etwas unpragmatischer, was er an ihr sehr schätzte.

Unterdessen nahm Christoph sein Studium auf: Nach gründlichen Überlegungen wählte er sich seine Fächer Linguistik, Philosophie und Religionswissenschaft im Magisterstudiengang der Freien Universität Berlin in Dahlem. Auf diese Weise wollte er seinen eigenen Weg weiter gehen, abseits von Utilitarismen, ganz im Zeichen des freien Geistes. Hanna, die selbst nach dem Abitur sofort angefangen hatte zu arbeiten und auch darauf stolz war, fand das zwar ein wenig spinnert, jedoch bewunderte sie ihn darum und um seine mutige Ästhetik.

Einmal, als nach Besuch von Bekannten Ruhe in der Wohnung eingekehrt war, sagte Hanna zu ihm: "Kauf Dir bloß keinen Computer! Dann sitzt du den ganzen Tag davor!"- Er erwiderte: "Warum? Für meine Hausarbeiten brauche ich einen, oder eine funktionierende Schreibmaschine. Außerdem sitzt du bei deiner Arbeit auch zumindest den halben Tag vorm Computer. Daß das gefährlich werden kann, für Augen, Menschen, menschliche Beziehungen und Kultur, ist mir durchaus bewußt; ich kann es aber nicht ändern. - Daß wir in einer solchen Welt und Gesellschaft leben, dafür kann niemand von uns beiden etwas."

Aufbruch zum Studium

Eine neue Zeit bricht für Christoph an: Entronnen den goldenen Fängen des Onkels, bahnt er sich seinen neuen Weg an der Freien Universität. Er, der hatte Techniker werden wollen, kommt in Berührung mit den Schriften von René Descartes, Paul Tillich (Der Mut zum Sein) und anderen. Besonders Descartes vermag ihn zu faszinieren, steht dieser ihm doch Pate bei seinem eigenen Lebensweg: Möglichst alles am eigenen Verstande prüfen, *Eingeredetes* von Eltern oder Lehrern ablegen, um auf eigene Einsichten zu bauen. –

Außerdem Kulturkritik: »Der Mensch als Prothesengott«! Dieser Freud hatte doch tatsächlich schon am Anfang des Jahrhunderts das beschrieben, woran er sich und andere, heute noch in den 90'ern erkrankt fühlte! –
Hanna war entzückt von seinem Studium und seinem mutigen Freigeist.

Christoph war eine ganze Weile bei seinen Eltern zur Erholung auf dem Land geblieben, um dann nach kurzem Telefonat mit Hanna recht überstürzt der Einladung zu dem Geburtstage des Freundes von Hanna Schwester, also 'Schwager in spe', nach Berlin Folge zu leisten.

Endlich frei! Zwar ist ein neuer Aufbruch vonnöten gewesen, doch der Bruch mit dem teilweise einschläfernden Hedonismus des Onkels belohnt ihn zweierlei: Einerseits mit neuen geistigen Ufern, andererseits mit einem wieder einmal neuen Lebensstil, der ihm neben der wiedergewonnenen Freiheit mit neuen Gesichtern zu begeistern vermag. Manchmal charismatische Dozenten und Professoren vermögen Christoph neben den teilweise allzu jungen Kommilitonen auf seinem gewählten Weg weiter zu führen... –
Doch was ist Freiheit? –

Er fährt also mit dem Automobil aus 'Westdeutschland' nach Berlin, auf der alten und ihm seit Jahren gewohnten Transitstrecke, die Fahrt führt diesmal allerdings nicht mehr vorbei an der großen alten Russenkaserne, und auch die Kontrolle und Abstempelung des Reisepasses durch Sprach-, jedoch nicht Volksgenossen, ist inzwischen weggefallen. Auch sein Ankommen in Berlin hat nicht mehr das Pathos des Eintreffens in der westlichen Welt, welches vor nicht wenigen Jahren seine Seele so zu beeindrucken wusste. Die Fahrt wird zu einer fast gewöhnlich zu nennenden Reise, da außer dem Durqueren eines ehemaligen Ostblocklandes keinerlei Besonderheiten mehr auftreten.

Er kommt in seine Wohnung, duscht sich, zieht sich an, um, ausgerüstet mit einer Flasche Sekt und einem gepflegten Äußeren, zur gebetenen Stunde in der Wohnung von Hannas Eltern zu erscheinen. Er klingelt, ihm wird Einlaß gewährt, und er tritt nach Ablegen seiner Garderobe in die bekannte Wohnstube.

Neben seinem noch zu absolvierenden Studium und dem Leben mit Hanna hatte er sich noch kleine Oasen eigenen Lebens erhalten können; das heißt: Seine 'Welt der Bücher', außerdem ab und zu der Besuch einer Szenekneipe, in die er sie erst viel später, und dann auch nur ein einziges Mal mitnahm. Hier war man noch ehrlich, man war Mensch, ohne allzusehr seine gesellschaftliche Rolle weiter erfüllen zu müssen, was bei anderen Feiern, auch familiären, immer der Fall, und teilweise gar ein Zwang war.

Er gratuliert dem Jubilar und sieht sie gleich links auf dem kleinen Sofa, das sonst Stammplatz ihres Vaters ist, sitzen. Was heißt, er sieht Hanna? Man könnte besser sagen: Er nimmt sie dort sitzend wahr, um sie später seiner genaueren und distanzierten Betrachtung zu unterziehen.

Einige der Gäste schienen sich hier wohler zu fühlen als irgendwo sonst: Arbeit, Heim, Ehe, oder sonstiges. Er selbst zählte sich in dieser Zeit dazu, versprach sich außerdem Einiges an gegenseitigern Anregungen in diesen Kreisen...
Was konnte man sich vom Besuch einer solchen Pinte erwarten, außer einem Bier und guter Musik? Er jedenfalls suchte Ablenkung und Ausgleich zu dem Leben mit Hanna innerhalb der 'normalen' Gesellschaft, die er ja eigentlich

schon lange ablehnte, trotzdem er sich jedoch in ihr teilweise sehr wohl zu fühlen vermochte.

Die genauere Betrachtung: Hanna war stark geschminkt, und ihre etwas zu roten Lippen schienen etwas dekadent Anmutendes in die gute Bürgerstube schreien zu wollen. Warum? Wollte sie damit ihrem weiblichen Chauvinismus, ihrer Attraktivität Ausdruck verleihen? War es als ein letzter Versuch zur Rettung der zerbrechenden Beziehung, die sich schon lange ziemlich auf körperliches und Hedonismus beschränkte, gedacht? Oder war diese Maskerade, wie es ihm erst ein Jahr später auffiel, gar nicht auf ihn, der erst 'in letzter Minute' der Feier beizuwohnen zusagte, sondern auf den Jubilar bezogen? Innerhalb familiärer Kreise kann man das so genau ja nicht sagen; die amourösen Sympathien vermischen sich hier sehr. Weiß Hanna das?
Nun gut - was geschah wirklich?

Christoph lebte eine gute Zeit ein wenig zerrissen dahin. Angetan von den neuen Freiheiten seines Studiums, vor allem dem der Philosophie, dem freien Denken eines Descartes und der Reflexion über Sprache, konnte oder wollte er seinen so lieb gewordenen Hedonismus noch immer nicht aufgeben. Er hing noch ganz gut an Hanna und dem mit seiner Beziehung zu ihr verbundenen komfortablen Leben. Doch war das *wirkliche* Freiheit?

Er versprach sich eigentlich zuerst Mußestunden, ein Abschalten vom normalen Alltag, vielleicht angenehme und - das dufte er allerdings nicht *erwarten* - nette persönliche Gespräche. Auch ein Reflektieren seiner Erlebnisse, sei es nun derer mit Hanna oder derer, die er an der Universität oder in seinem Wohnhaus die vergangenen Monate gemacht hatte, war ein Anliegen, das er in die Pinte mitbrachte.

Was wirklich geschah, wird wohl niemand genau sagen können - oder doch?; man müsste alles - Fakten, das heißt wahre Begebenheiten - mit den emotionalen und inneren 'Vorkommnissen' in einer Weise kombinieren, dass es zu einer plausiblen Wahrheit führte. Ist das möglich?

Er wollte auch einmal außerhalb seiner bisherigen bürgerlichen Kreise anregende Gespräche haben, vielleicht Bekanntschaften machen - war so etwas, ziemlich anonym, hier in Berlin lebbar? – Vielleicht mit einem Müllmann, der nicht so bildungs- und vernunftgeschwängert daherkam?

Der Anfang vom Ende begann mit einer seltsam schönen Szene: Hanna und Christoph blickten sich ebenso tief wie schweigend in die Augen; sie schien irgendeine Äußerung von ihm zu erwarten, er aber brachte kein Wort heraus. Hanna fragte, was denn sei, was er habe. Er, da er derartige Fragen hasste, sagte: "Gar nichts." - Und nach einer Weile: "Weiß ich doch nicht!" -
Er dachte: "Soll ich ihr jetzt sagen, daß ich sie liebe oder kommt die blöde Kuh selber drauf? Merkt sie gar nichts mehr?" -
Und später dachte er dann, wie so oft: »Sagt man diese Worte überhaupt, und wenn ja, wie oft? Oder: Sagt man sie auch mal emphatisch, wenn man jemanden eigentlich 'nur' sehr mag? - Ist diese Emphatie *Liebe*?«

Seinerzeit zurück aus dem Skiurlaub in Südtirol, hatte Christoph jedem möglichen Menschen inflationär an den Hals geworfen: »Ich liebe dich!« - Das rührte aus seiner tiefen Menschenliebe her, die er durch die Gastfreundschaft der Südtiroler und seine Neigung zur Philosophie entfaltet hatte.

Als Hanna nochmals fragt, versucht er ihr nahezubringen, wie ihm ist (durch Gedankenübertragung ist es nicht mehr möglich): "Irgend etwas geht gerade in mir vor: vielleicht bin ich einfach nur sprachlos, vielleicht ist dies unser Ende " vielleicht werde ich grade Künstler - Dichter - Schauspieler - Schriftsteller - ich weiß es nicht! In letzterem Fall könnten wir eventuell Freunde bleiben - laß mich aber bitte auf's Erste mit deinen aufdringlichen Fragen in Ruhe!" - Hanna, dem ach so bürgerlichen Arbeitstier, der derartige Veränderungen in einem Menschen schlichtweg unbekannt und damit unbegreiflich sind, sieht ihn an, sagt aber nichts. - "Willst du mich daran hindern, gönnst du mir's nicht?" – (ein neuer Käfig?) Hanna wäre ein solches durchaus zuzutrauen, sie wurde immer eifersüchtig, wenn er gesellschaftliche Erfolge errang, die nicht direkt mit ihrem Zusammenleben zu tun hatten oder auf ihrer Unterstützung basierten. Da war sie dem Onkel ein gutes Stück ähnlich und verwandt. Andererseits versuchte sie das, was sie nicht verstehen konnte, in eine ihr begreifliche Welt einzuordnen.

Hanna war bekannt, daß er die Jahre davor zwar unregelmäßig, aber immerhin auf recht familiäre Weise mit seinem Onkel Alexandre in nahezu eheähnlicher Gemeinschaft gelebt hat. Während dieser Zeit hat er immer wechselnde Lebenspläne: Schauspieler werden, Schriftsteller, oder vielleicht auch "nur" Philosophie studieren.

Mit anderen Worten: Sie wußte gar nichts mehr. Jedenfalls zu sagen. Fühlte sie wenigstens etwas? -

Unterdessen goutierte Christoph weiter seine Studien: Vor allem der sprachliche Relativismus hatte es ihm angetan. Inwiefern beeinflusst Sprache das Denken? Ist das Denken durch Sprache festgelegt?

Was heißt Dilemma? – Christoph war halt jemand, dem es ungeheure Befriedigung verschaffte, seine freiheitlichen Gefühle und Gedanken intensiv auszuleben. Das war Hanna bekannt, und sie liebte ihn dafür.

Einmal, als Hanna, trotzdem sie mit ihm kaum noch etwas anzufangen weiß, ihre Beziehung aufrecht erhalten will, sagt sie: "In meinen Augen bist du krank!" - Er sagt nichts. - Wahrscheinlich gibt es nur die zwei Möglichkeiten, dass einer der Partner dominant ist, oder man sich gegenseitig pathologisiert, den anderen zum Psychologen schicken will o.ä. –
Gab es kein friedliches Miteinander?

Damals zu Beginn, als sie gerade ihre erste eigene Wohnung einrichtete, kam sie ihm etwas seltsam, wenn nicht gar hysterisch vor. - Er schweigt. - Sollte er ihr ihren emanzipierten Egoismus übel nehmen? Sie hatte eben mit allen Mitteln anzufangen versucht, ihr eigenes Leben zu beginnen, das heißt, ohne ihren älteren Freund, mit dem sie vier Jahre - eigentlich harmonisch - zusammen in einer recht großen Wohnung gelebt hatte. -

Hannas unwissende, autoritär gemeinte, aber doch mädchenhafte Art erscheint ihm hübsch, naiv - übel nehmen will er es ihr nicht, vor allem weil er spürt, dass sie, was die Beziehung anbelangt, retten will, was zu retten ist.

Einmal, bei einem Treffen, hatte Onkel Alexandre ihn – ob seiner Beziehung zu Hanna – ermahnend ins Bewusstsein zu rufen versucht: "Du *verkaufst* dich unter Preis!" - "Ich *verkaufe* mich nicht, das, was ich gebe, kann man nur verschenken! - Übrigens, kannst du mir mal verraten, was *ich* in meiner Zukunft zu verkaufen hätte?"

Warum soll er es ihr nicht übelnehmen? -

Hanna hatte, wie er erst später erfährt, einen Freund, der sie seit der Grundschule und außerdem wahrscheinlich in all ihren Beziehungen zu Männern begleitete. Ob er sie in ihren Beziehungen und Lieben emotional unterstützte oder diese störte, darüber wollte keiner der beiden Rechenschaft ablegen müssen.

Ein anderes Mal, als ihm, bei allem Verständnis, Hannas Beziehung zu ihrem schwulen Freund, der sich immer nur einmischte, zu viel wird, denkt er sich, um die Sache endgültig zu klären, etwas aus. Er sagte zu dem Freund:"Wenn du jetzt nicht endlich aufhörst, laß uns doch ein *'Hasenfuß-Rennen'* machen! In welcher Form das geschehen wird, muß noch entschieden werden, du hast ja keinen Führerschein!"

Christophs Studium schreitet nur zögerlich voran: Den ersten Enthusiasmus beiseite gelegt, muss er feststellen, dass das Studium an der Freien Universität so frei nun auch wieder nicht ist. Auch Dozenten und Professoren haben so ihre – manchmal dogmatischen – Vorstellungen von geisteswissenschaftlicher Bildung...
– Scheinbar gibt es keine zeitgeistresistente Wissenschaft... –
Christoph erlebt erste Misserfolge, lässt sich seinen Mut zur Freigeisterei jedoch nicht nehmen.

Andererseits gibt es immer Lebenssituationen, in denen ein Teil eines Paares stärker ist - in welchem Sinne auch immer - die Frage ist nur, ob es für den jeweils anderen dann zum

Triumph wird, oder ob die Reife besteht, das mal so hinzunehmen. -

Seltsam nur, wenn einer der beiden Partner allein steht, der andere jedoch Freund, Freund des Freundes, Vater, Mutter und Schwester samt Freund hinter sich hat; heißt es doch, Blut sei dicker als Wein, bei dem man sich doch die Wahrheit zu sagen pflegt. - Sein Onkel hatte immerhin so ziemlich allein dagestanden. –

Wer oder was ist denn 'stärker' ? Oder: Was heißt 'stärker'? Oder: Wer bestimmt eine Beziehung? Was ist der Sinn des Lebens? – Christoph philosophiert, mitten in seinen liebgewordenen Hedonismus hinein.

Aber was sollte das alles eigentlich noch? Hatte er nicht insgeheim mit Hanna schon abgeschlossen? Hier der Weg des Broterwerbs, dort die denkerische Freiheit, Wissenschaft und Philosophie? War dies nicht eben unvereinbar? –
Sie hatten sich doch eigentlich schon längst auseinandergelebt; galt es überhaupt, noch an etwas festzuhalten? Wenn ja, an was? Sexuelle Attraktion? Das konnte auf keinen Fall alles sein in seinem Leben, dachte Christoph, auch wenn die Sirenen heulten... –

Wer denkt, der Krieg sei aus und alle Schlachten geschlagen, irrt.

Nach etwa einem Vierteljahr zweisamer Beziehung hatte Christoph Hanna zugesagt, einmal mit zu Hannas Eltern zu kommen, um diese kennenzulernen. Er hatte dieses Zusammentreffen so lange aufgeschoben, um nicht so schnell mit Hannas familiären Konformitäten konfrontiert zu werden, in diese verstrickt zu werden. So begaben sie sich also eines

Abends in die nahe gelegene kleine Eigentumswohnung ihrer Eltern, wo sie freundlich und mit einem Aperitif begrüßt wurden. Hannas Vater, der in einer Bank seinen Lebensunterhalt verdiente, war schicklich gekleidet: Unter dem Anzug, der neben Wohlhabenheit auch so etwas wie Zeitgeist auszudrücken vermochte, prankte, an der Weste befestigt, eine goldene Taschenuhr. In seiner Hosentasche verbarg sich, auf den Einsatz beim Schneuzen oder beim Schweißabwischen von der Stirn wartend, ein Herrentaschentuch. Die Mutter, ein wenig affektiert, hatte ihre ästhetischen Ambitionen scheinbar ihrer Ehe geopfert: Sie wirkte ein wenig verbraucht und verwelkt. Dennoch schienen die beiden in Harmonie zu leben: An ein gutes Leben mit einigermaßen gehobenen bürgerlichem Hedonismus gewöhnt, frönten sie nun in Ansätzen einem Geiste, der sich allerdings nie allzu weit oder gar gefährlich in das Reich der Freiheit hinauszuwagen getraute. Christoph goutierte ihre in erster Linie ihre auf Broterwerb gerichtete Lebensfreude, ohne jedoch seine Studien völlig aufzugeben. Immerhin waren das Hannas Eltern! Und was diese seinen eigenen an Ästhetik voraus hatten, das war für ihn immer noch bemerkens- und lebenswert.

Die Tragödie mit Christophs zunächst so enthusiastisch begonnenem Studium nimmt seinen Lauf: Immer mehr akademischen Zwängen unterworfen und an seine eigenen Unzulänglichkeiten erinnert, kommt es zum Eklat. An die teilweise krankhaft zu nennende Beziehung zu seinen Eltern von einem Dozenten direkt und durch Fachliteratur erinnert, findet er sich in seinem dritten Semester in einer geschlossenen Station der Psychiatrie wieder: Er hört Stimmen. Akustische Halluzinationen. Sein Doppelleben fordert Tribut.

Immerhin hält Hanna zu ihm: Sie besucht ihn in der Klinik, pflegt ihn nachher ein wenig, will die Beziehung trotz allem nicht aufgeben, vielleicht ob seiner physischen Attraktivität. Sein Studium interessiert sie zunehmend weniger... –

Abschied

Eines Abends nach einem Besuch bei ihren Eltern, die nur eine Straße weiter wohnten, als sie, gingen Hanna und Christoph den kurzen Weg zu ihr zu Fuß. Sie hackte auf ihm herum, was er denn in seinem Leben machen wolle: »Sozialhilfe und nach mir die Sintflut, oder was?« Er blieb stehen, blickte an sich herunter auf seine schon etwas abgewetzten Herrenschuhe, und sagte zu ihr: »Erstens bin ich Student, und zweitens bin ich krank!« Da wurde sie weich, und sagte: »Kommst Du noch mit zu mir?« (Er war die knapp drei Jahre ihrer körperbetonten Beziehung jeden Abend bei ihr gewesen) Er blickte auf seinen kleinen Honda Civic, der auf der gegenüberliegenden Straßenseite parkte, und sagte: »Nein.« Sie streckte ihm eine Zigarette entgegen – sie rauchte immer Marlboro 100 – und fragte: »Willst Du noch eine Zigarette?« Er sagte »Nein, ich will nach Hause.« und stieg in sein Auto. Sie haben sich nie wieder gesehen. Es war Frühling.

Als er später seinen Onkel Alexandre einmal anruft, der über Hanna im Hochparterre wohnt, berichtet dieser ihm von lauter Musik von unten: »I will always love you« von Whitney Houston, der Filmmusik aus dem Film »Bodyguard«. –
Dies war Christophs endgültiger Abschied von der alteingesessenen bürgerlichen Berliner Chickeria.

Das folgende Jahr verbrachte Christoph in einer psychiatrischen Tagesklinik. Aus dieser Zeit ist nichts über ihn überliefert.

Etwa ein Jahr später: Eine ewig lange Blutspur säumte den Fußboden der offenen Station 3 der Waldhausklinik am Nikolassee. Sie stammte von Clara, die sich wieder einmal die Arme mit einer Rasierklinge aufgeschnitten hatte. Daher wurde sie zu einem Gespräch mit dem Arzt gerufen. In der Zwischenzeit wartete Christoph neben dem Sprechzimmer, ihr Kind auf dem Arm: Ein Jahr alt, Down-Syndrom. Als sie aus dem Sprechzimmer heraustrat, fragte er sie, wie das Gespräch verlaufen sei. Sie sagte, der Arzt – welcher neben ihnen stand – hätte gesagt, wenn sie das noch mal täte, käme sie auf die geschlossene Frauenstation. Ihn, Christoph, das Kind in den Armen, anblickend, bemerkte er wohlwollend: »Na, Sie üben wohl schon!«

Später, im Treppenhaus beim Rauchen, fragte er sie aus: Woher sie käme, wer sie sei, und was sie bisher im Leben so gemacht hätte. Clara erzählte: Sie käme aus Ostdeutschland, hätte in Halle einstmals Musik und Germanistik studiert, jedoch aus Krankheitsgründen leider abbrechen müssen. Das fand Christoph sehr interessant. So einem interessanten Menschen war er noch nie zuvor begegnet.

In dem Park der Klinik stand etwas abseits von den Spazierwegen ein runder Holzpavillon von etwa fünf Metern Durchmesser, in dem man gerade in der Abenddämmerung erholsame und anregende Stunden im Dunkeln verbringen konnte. Eines Abends hatte er Clara gefragt, ob sie noch Lust hätte, mit ihm in den Park zu gehen. Sie hatte *JA* gesagt, sich schnell noch einen Mantel über ihr Nachthemd gezogen, und war ohne ein Wort mitgekommen. Sie gingen langsam und schweigend den langen Weg in den »dunklen Wald«. Da standen sie nun beide im Dunkel des Pavillons, ganz allein zu zweit, fast unheimlich allein, wie ihm schien. - Andererseits standen sie sich das erste mal wirklich *persönlich* gegenüber, was er an seinen vorherigen Bekannt- und Liebschaften in dieser seltsamen Stadt sehr vermisst hatte. Christophs bisherige Begegnungen hatten immer in einem gewissen sozialen Rahmen stattgefunden, der eher störte als eine Beziehung unterstützte. Nach kurzem und eingehenden Gespräch nahm er ihre Hände, welche sie ihm bereitwillig überließ, schaute sie sich an, überlegte kurz und sagte: »Wir können das schaffen... – Äh, nein: Wir schaffen das!«

Was Christoph gemeint hatte, war Folgendes: Er war schon im Sommersemester 1990 an der Freien Universität gelandet, kurz nach der Öffnung der Grenzen der DDR. Seine Fächer: Linguistik (Deutsche und allgemeine Sprachwissenschaft) im Hauptfach, Philosophie und Religionswissenschaft in den Nebenfächern. Nach Grundkursen in der Linguistik und zwei Seminaren zu René Descartes in der Philosophie (»MEDITATIONES de prima philosophia« und dem »Discours de la méthode«), einem Seminar über »Orakel und andere Devinationsverfahren«, seinem ersten Schein 1991 hatte er sich am 02.August 1991 ob seines Doppellebens (hier eine doch recht bürgerliche körperbetonte Beziehung, dort ein Studium der Geisteswissenschaften) auf der geschlossenen Station der Psychiatrie (das erste Mal Waldhaus am Nikolasssee) wiedergefunden. –
Er hatte also nun schon ebenso ein wenig in der Tasche wie vorzuweisen: Einen Studentenausweis, seinen ersten Schein in einem Grundkurs A der Linguistik: »Entlehnung von Forschungsansätzen aus der Philosophie«. Er war schon in seiner Schulzeit ein kritischer Denker gewesen, und hatte an der FU entdeckt, dass hier irgendetwas nicht stimmte. –

Clara dagegen stand im leeren Raum. Sie hatte »nur« ihren Sohn.

Als Erstes nach der gemeinsamen Entlassung aus der Klinik gingen sie essen, bei einem Italiener in der Nähe von Claras Behausung, die wieder errungene Freiheit kostend... –

In dem Café hatte Clara meist ziemlich selbstversunken gesessen, rauchte in der ihr vebleibenden Zeit, und musterte mittelmäßig unbeteiligt die anderen Gäste; sie hatte halt ihren einjährigen Sohn, der ihr vieles an Zeit, Kraft und Nerven abverlangte, und so fiel es ihr einigermaßen schwer, die ihr persönlich verbleibende Zeit anständig zu genießen.

Die anderen Gäste waren zumeist ziemlich oberflächlich: Sie beschränkten sich auf das tägliche Auskommen mit den rar gewordenen Amüsements, das Leben in der Klinik, und hatten Christoph, der sich nach menschlicher Tiefe sehnte, wenig zu sagen... –

Einst hatte ihm Onkel Alexandre versucht, ein Kompliment zu machen: »Ich liebe Deine Tiefe!« - Christoph indessen war dies verdächtig: Liebte er vielleicht nicht nur seine finanzielle Schwäche, die der Onkel für sich zu nutzen vermochte, um ihn emotional und intellektuell auszubeuten?

Ihre Art, eine Zigarette anzuzünden, verriet ihm, daß sie erst in spätem Alter mit dem Rauchen angefangen hatte und, daß sie nicht zu den Geschicktesten gehörte. Er fand sie sehr charmant: Meist mit Rock, Bluse und schwarzen Strumpfhosen bekleidet, was in dieser Zeit eher die Ausnahme war, hielt sie die anzuzündende Zigarette zwischen Daumen und Zeigefinger. – Das erschien Christoph als sehr eigen, individuell bis in die letzte Konsequenz und eine Stimme flüsterte ihm zu: Diese Frau ist individuell und interessant!

Sein Überlaufen zu Hanna als einer Frau hatte Onkel Alexandre Christoph fast nicht übelgenommen: Er, der ebenso wie Christoph ein Verfechter freien Lebens war, sah es kaum als einen Verrat an der homosexuellen Lebenseinstellung an, wenn man seinen Vorlieben den gehörigen Platz einräumte. Er hatte nur Bedenken ob eines sozialen Abstiegs Christophs, da dieser von dem goldenen Käfig des Selbständigen in die Arme einer einfachen Angestellten sank... –

Dass sie aus der Deutschen Demokratischen Republik stammte, war nicht zu verkennen: Ihre schlichte Persönlichkeit, die ihm ästhetisch erschien, verrieten sie. Das Leben hatte sie gezeichnet: Aus ihrem Antlitz war zu lesen, daß sie in ihrem Leben schon so manches an Frustrationen hatte erleiden müssen, und bei Versuchen, sich mit ihr persönlich zu unterhalten, sich ihr anzunähern, machte sie manchmal einfach nur zynische, aber intelligente Späße. Sie machte den Eindruck, keinerlei Lust zu haben, sich irgenwie mit irgendwem einzulassen oder auszutauschen.

Im Café hielten sich verschiedenartigste Leute auf; hier zwischen einfach nur leidensgenössigem Lustigsein und persönlichen Beziehungen zu unterscheiden, war nicht gerade einfach. So kam es unter den Besuchern zu einigen lockeren unverbindlichen Flirtereien... –

Hanna hatte immer hedonistisch seinen immer noch sportlichen Körper goutiert. Als Christoph dessen einst überdrüssig geworden war, und ein mehr geistiges Leben anstrebte, klagte sie Körperliches ein: »Sex gehört zum Leben!« - Christoph gehorchte mittelmäßig unwillig... –

Zu dem Vater ihres Kindes hatte Clara fast keinen Kontakt mehr, sie hatten nur in einer etwa zwei Monate andauernden Tändelei zusammengelebt, dabei war ein Kind entstanden...

Onkel Alexandre war immer gern mit Christoph essen gegangen: Dessen Affinität zu den von ihm neu erlernten ästhetischen Manieren konnten ihn beeindrucken: »Dich werde ich immer wieder zum Essen einladen!« -

Clara indes bestach Christoph ebenso mit ihrer Eigenartigkeit wie durch ihre durch Einfachheit geadelte Intellektualität. – So wurde sie für ihn zunehmend interessanter.

Interessant? -
Interessant eher die Gespräche zwischen ihnen, denn: Er hatte ziemlich viel von Inhalten des Feminismus, sowohl in Gesprächs-, als auch in Kommunikationsanalyse, mitbekommen, was ihm in seinem Selbstbewusstsein als Mann zwar eher geschadet hatte, ihm als Mensch bzw. Person jedoch zu einer gewissen Größe verholfen hatte, während sie in emotionalen und psychischen Dingen ihm nahezu allwissend schien, was wahrscheinlich mit ihrer Herkunft aus dem anderen Gesellschaftssystem zu tun hatte. Man könnte sagen, es waren amouröse Streitgespräche, in denen sie versuchten, einander sich zu nähern.
Trotzdem schien es ihm, als ob es weder ihm noch anderen gegeben war, näher an sie heranzukommen, was ihr Dasein in seinen Augen noch trauriger machte, verfinsterte, aber andererseits auch mystifizierte.

Eine Beobachtung:
Sie zitterte. - War ihr kalt? - Erschauderte sie? - Ihm war noch eine andere Antwort im Kopf, nämlich: Clara sparte sehr mit

ihren Gefühlen: Sie war kalt gegen sich und andere. Er nannte sie: Die kalte Clara.

Das Gekünstelte an ihr war andererseits auch natürlich, kam von innen, denn: Sie hatte, wie auch er, einmal mit dem Gedanken gespielt, Schauspieler zu werden; einiges von einem derartigen Lebenswunsch bleibt immer in der Persölichkeit erhalten, meist jedoch in Form eines lebensverneinenden Zynismus, einer Verachtung des Lebens, der Bedürfnisse der sogenannten normalen Menschen gegenüber, gepaart mit etwas Chauvinismus und Machthunger.

Ein Spaziergang nach Teltow:
Als sie sich den großen, mächtigen Gemäuern näherten, bekam er so etwas wie mythische, ehrfurchtvolle Angst, er war beeindruckt von der Kraft, die diese Stätte ausstrahlte. Es war ein recht großes Gelände, von Mauern begrenzt, und es schien fast jeden, der es betrat, verschlingen zu wollen.
So gingen sie in Richtung ihres Elternhauses, vor dessen teilweise brutal anmutenden christlicher Dogmatik er sich vorgenommen hatte, sie zu beschützen. Er fragte sie, ob ihr nicht auch etwas mulmig zumute sei, sie jedoch war scheinbar gleichgültig, sie kenne das alles ja schon. - Sie war schließlich hier aufgewachsen.

War es bei Onkel Alexandre der Hedonismus des gehobenen Bürgertums, welches Christoph zu faszinieren vermochte, war es nun die ihm noch fremde Kultur des Ostteils Deutschlands, welche ihn in ihren Bann zog.

Was ihr blieb, war das Kind.

Auf dem Weg in Claras Elternhaus musterte er die einzelnen Gebäude und auch das interne Kraftwerk, während ihnen ab und zu eine Ordensschwester begegnete und Clara grüßte. Sie grüßte leise zurück und schob zielstrebig ihren Kinderwagen mit ihrem Sohn weiter vor sich her....

Ihre Eltern schienen alt und verbraucht, traten ihm jedoch, wie wahrscheinlich einer jeden neuen Bekanntschaft, gerade denen ihrer jüngsten Tochter, mit jener Mischung aus schüchternem Mißtrauen und Aufgeschlossenheit entgegen, welche derartige Begegnungen auszumachen pflegt.

Auch der kleine Hund begrüßte ihn auf eine Weise, die erkennen ließ, daß lange niemand mehr in diese einsame, traurige Idylle eingedrungen war.

Aus dem Wohnzimmerfenster blickte man in einen kleinen Garten, und im Nebenzimmer, das einem kleinem Salon ähnelte, fanden sich der Sekretär der Mutter, ein kleines Sofa mit Tisch und ein Klavier. Clara bewegte sich hier unbefangen, aber auch edel distanziert, und er konnte nachempfinden, daß sie lange darauf gewartet hatte, aus dieser Melancholie schreienden Atmosphäre endlich sich herauszubegeben.

Claras Vater ließ sich, außer ein paar neugierigen Blicken, einer gemurmelten Begrüßung und dem Zurückhalten des kleinen Hundes nicht in seiner Betriebsamkeit stören, während die Mutter, - ob sie sich aus Höflichkeit dazu überwand, oder ob es einem ehrlichen Interesse an Christophs Person entsprang, war nicht auszumachen, - sich vorsichtig tastend mit ihm unterhielt.

Christophs Ziel: Studieren, lernen, es den »normalen« Leuten einfach einmal beweisen. Er hatte sich fest vorgenommen, Clara mit auf seine Reise zu nehmen... –

Ein Jahr später an der Freien Universität:

Christoph betritt das Studentencafé, in welchem es sehr ruhig war bis auf die klackernden Geräusche, die ein auf einem Notebook schreibender Kommilitone verursachte. Dieser, weil er einigermaßen anders als andere zu sein schien, vermochte sein Interesse zu wecken. Holger, so sein Name, den er erst später erfuhr, war nicht eben schön, sein Kopf war etwas überdimensioniert mit einer dazu etwas zu hohen Stirn, dazu trug er seine Augen vergrößernde Augengläser, aber er war dennoch in seiner Einzigheit und Selbstbewußtheit derart eigen, dass Christoph ein näheres Kennen lernen für wünschenswert, wenn nicht gar für notwendig schien. So knüpfte er locker ein Gespräch an: Was man denn so studiere? Was man denn von den anderen Studenten halte, die man bisher so getroffen hatte?
Ob man sich hier wohl richtig fühle?
Hierbei stellte er fest, daß sie beide ähnliche Meinungen vom Studieren und von einem unangemessenen zu ehrfurchtsvollen Umgang mit den Lehrkräften hatten, was in dieser Zeit eher eine Ausnahme darstellte. Man war eben noch auf der Suche nach einem selbstbestimmten, eben aufgeklärtem Studium... –

Clara hatte unterdessen ihr Studium an der Humboldt-Universität aufgenommen: Christophs Träume waren in Erfüllung gegangen.

Im Sommer, in den Semesterferien, ging er desöfteren in einen seiner kleinen Wohnung nahegelegenen Park. Hier war es sehr ruhig, kaum ein Verkehrslärm störte die Idylle, und die hohen Linden rings um eine Rasenfläche warfen lange Schatten. Auf dem nahegelegenen Kanal schwammen einige Enten, manhmal auch Schwäne, und ab und zu kam auch mal ein Schiff daher. Er wollte viel von dieser Natur in sich aufsaugen, sich von dem anstrengenden Leben an der Uni und unter den Stadtmenschen ausruhen und in aller Stille klare

Gedanken fassen. Er hatte ja schon einiges an Welt- und philosophischer Literatur goutiert, war es möglich, dieses in eine Realität zu übersetzen oder war mit derart schwerwiegenden Erkenntnissen überhaupt noch zu leben? - Bald konnte er feststellen, daß er nicht der Einzige war, der mit solchen oder ähnlichen Absichten in den Park gekommen war - er war nicht allein. Nach und nach kamen immer mehr Jugendliche und Adoleszente mit Fahrrädern aus allen Himmelsrichtungen in die Mitte des Parks und bildeten kleine Gruppen auf dem Rasen, in denen sich unterhalten, Bier getrunken und geraucht wurde. –
Getrieben und auch ein wenig bestätigt durch die Philosophie eines seinerzeit hier lebenden Otto Lilienthal, welchen Bürger einst für verrückt gehalten hatten, und der dann doch sein Ziel – das Fliegen – erreicht hatte, ertasteten sie alle ihre eigenen, individuellen Wege... –

Der pädagogische Kommilitone vermochte es, Christoph seine teilweise zu große Ehrfurcht vor den Lehrenden und der gesamten Bildungsstätte zu nehmen, eben dadurch, daß er selbst diese überzogene Achtung aufgegeben hatte, um in seinem Schaffen eigenem Denken und eigenen Ansichten Platz zu verschaffen. Endlich, nach langer Zeit mal wieder jemand, der es sich heutiger Tage noch getraute, eigene Wege zu beschreiten. Das imponierte Christoph.

Im Park fühlte er sich ebenso wohl wie geborgen: Hier, mehr als ein wenig abseits der Gesellschaft, war der Duft der Freiheit zu atmen, Freidenkerei war hier Usus, so dass sein Verlangen, von anderen Zeitgenossen anerkannt zu werden, in dieser Umgebung einmal befriedigt wurde.

Im Halbdunkel steht Clara vor ihm - es bedarf keiner Worte - und schaut ihn an. Nicht nur in die Augen, nein, seine ganze

Statur. Er spürt ihre Blicke und baut sich stolz noch gerader als sonst vor ihr auf und wartet, was sie wohl tun werde. Plötzlich reißt sie ihm das Hemd vom Leibe, als wolle sie ihn vergewaltigen - sonst hatte Clara eher ein verhaltenes, sanftmütiges Wesen. - Sie fallen auf das Sofa...

Einmal, in Semesterferien, als er wieder einmal seiner liebgewordenen Gewohnheit genüge tat, biertrinkend durch Straßen zu flanieren, dieses Mal nicht im Park, sondern in den Straßen, findet er vor dem großen Rathaus ein ruhiges Plätzchen. Christoph trinkt sein Bier und beobachtet: Einige Meter von ihm steht ein Mann mit fast kahlgeschorenem Kopf, der erst durch Blicke, später dann durch Worte Kontakt zu ihm aufnahm. "Prost!" - Der Mann trinkt den letzten Rest aus seiner Flasche Bier, und wartet weiteres ab. Christoph seinerseits ist etwas pikiert, andererseits aber auch fasziniert von den weise und neugierig, aber auch etwas finster funkelnden Blicken des fremden Mannes. Er beschließt, sich auf Gespräche mit dem Mann, einem echten Philosophen, wie ihm schien, einzulassen.

Als er den Kommilitonen eines Tages zufällig in dem Café wiedersieht, ist die Freude zunächst groß: Es kam eben nicht oft vor, daß man in der Urlaubszeit unverabredet aufeinander stieß. Zufall? Wink des Schicksals? Oder nur eine ganz normale Ähnlichkeit in den Gewohnheiten? –
Immerhin jemand, der – wie auch Christoph – in den Semesterferien der philologischen Arbeit frönte... –

Nach etwa einer halben Stunde Gespräch und einer Menge Weisheiten, die die beiden sich an den Kopf zu werfen wußten, bekommt er zu erfahren, daß sein Gegenüber Arzt ist. Christoph sagt kurz "toll, echt klasse!", und sie unterhalten sich weiter, vital und im Hier und Jetzt, unbenommen ihres bisherigen, doch schon vergangenen Lebens.

Clara studiert weiter, einigermaßen erfolgreich wie Christoph auch. Sein Plan scheint aufzugehen.

Es klingelt an der Tür der kleinen Wohnung. Der Arzt ist zu Besuch. Seit fünf jahren arbeitslos, muß er einen jener Schritte tun, die einige Menschen einiges an Überwindung kosten: Er ruft eine seiner verflossenen Liebsten an, wird hart bis ausfallend im Telefongespräch, weint dennoch vor Christoph. "Wer nicht mehr weinen kann, der ist doch gar kein Mensch mehr!" ... - Der Arzt ist ganz schön verzweifelt...

Der Kommilitone Holger ist aus Kreuzberg, er wohnt in einer Altbauwohnung mit Ofenheizung. Christoph besucht ihn regelmäßig, ausgestattet mit einem Rucksack voller Bier, einem aufgeklärten Forschergeist und der Affinität zu sprachlichen Ästhetizismen... –

Clara unterstützt Christoph nach Kräften: Sie lektoriert seine Arbeiten, bekocht ihn am Wochenende, und ihre Wochenendbeziehung verläuft harmonisch. Neben beider Studien ziehen sie Claras Sohn heran.

Indessen beginnt ein neues Semester, und in dem germanistischen Studentencafé tummeln sich die Erstsemester. Christophs Gier nach interessanten Menschen wird besonders durch eine Begegnung gestillt: Eine schon etwas gereifte Frau, ziemlich bis sehr korpulent, jedoch mit einem jugendlichen, hübschen Gesicht vermag seine Aufmerksamkeit zu erhaschen. Er, der nun im Studium schon Arrivierte, kniet sich vor ihr hin, um sie nicht zu brüskieren, und erforscht ihre studentischen Anliegen und Interessen. Sie möchte hauptsächlich Literatur studieren, vornehmlich ältere deutsche Literatur. Später erfährt Christoph, dass Paula ein ganzes Jahr hindurch in der Wohnung ihrer Mutter verharrte, tagsüber schlafend, nachtsüber mittelhochdeutsche Literatur verschlingend. Nun wolle sie hier an der Uni ernst machen mit ihren Interessen. – Wieder ein sehr interessanter, außergewöhnlicher Mensch! Volltreffer!

Immer wieder bat Clara ihn, doch bitte zu gehen, erst in Form einer endgültigen Trennung, später an einigen Abenden einfach so, weil sie ihn nicht mehr ertragen konnte, da er, nach ihrem Empfinden, sich zu einem Egozentriker entwickelt hatte.

Die Abende mit Holger gestalteten sich angenehm: Nach ausgiebigem Dinieren zechte man reichlich, und sie führten philosophische Gespräche, zu denen Christoph ihn allerdings manchmal zu überreden hatte. Holger war ein wenig spielbesessen, was Christoph immer aufs Neue zu Überredungskünsten, was eine philosophische Diskussion anbelangte, herausforderte. Trotz dessen verliefen ihre Abende meist freundschaftlich. Eine nette Kumpanei... -

Clara indessen hatte ebenso ihre Erfolge in ihrem Studium, und betrachtete die neuen Bekanntschaften Christophs einigermaßen wohlwollend. Ihre Wochenendbeziehung, freiheitlich gestaltet, funktionierte wohlfeil.

Auch mit Paula traf sich Christoph, wenn nicht gerade im Studentencafé, dann auch Freitag abends zu Bier und Speisen. Bei ihr fühlte er sich ebenso wohl, wie als Mann anerkannt. Bis dato im Zusammensein mit Clara und ihrem Sohn unbekannte Freiräume eröffneten sich ihm in der Gesellschaft von ihr, der – ihm ähnelnden – enthusiastisch Studierenden... –

Clara an den Wochenenden, Holger und Paula im Studium, diese Germanisten waren zu jener Zeit Christophs Orientierungen, weit entfernt von seinen damaligen Wurzeln, Mathematik und Sport, wie es in seinem Elternhaus Prioritäten waren. Er war sehr froh darum, und fühlte sich mehr als wohl damit... –

Die Bekanntschaft mit Paula weitete sich durch gemeinsame Abende mit Bier und Essen, auch mal in Kneipen mit Billard spielen aus zu einer amourösen Affäre, welche Christoph mehr als nur ein wenig zu goutieren verstand. Allerdings hatte sich Paula von ihrer Liäson mit Christoph mehr erhofft, als er zu geben bereit war. Er war zu einer freundschaftlich-emotionalen Beziehung durchaus bereit, während Paula immer wieder ein intimeres Verhältnis sich zu wünschen schien.

Die Wochenenden mit Clara verliefen unterdessen harmonisch: Besuch bei ihren Eltern, Familientreffen, und immer eine Christoph angenehme Versorgung mit Speisen. Dazu: Ästhetische Diskussionen über Wissenschaft und Literatur. Besser hätte es nicht kommen können mit dieser wiedervereinigten Partnerschaft... –

Dazwischen wurde an der Uni in den Pausen zwischen den Seminaren im studentischen Café viel Kaffee getrunken und Skat gespielt. Gerade Holger, der so gern alles Mögliche spielte, legte so einigen Enthusiasmus in den Kartenrunden an den Tag. –

Ein Silvesterabend wurde spannungsreich begangen: Christoph hatte sich kurzerhand samt seiner studentischen Bekanntschaft Paula bei Clara eingeladen. Sie wußte einiges aus seinen Erzählungen über die beiden, auch schon von

Anflügen von Intimitäten zwischen ihnen, bewahrte aber am Abend selbst ihre intellektuell-distanzierte Contenance, war dieses Bündnis zwischen Paula und Christoph doch eher fachlicher Provenienz.

Paula stürmt mit Holger um die Tische des Studentencafés: »Ich bin ein Mann!« - Holger: »Nein, du bist eine Frau!« - Sie prügeln sich halb.
Paula war mehr als ein wenig transsexuell, was ihren durchaus vitalen Geist allerdings eher zu befreien vermochte, als ihn behinderte... –

Clara indessen beobachtet, lebt mit Christoph mittelmäßig einvernehmlich und harrt der Dinge, die ihrer beider Leben so bringen mag.

Christoph führt ein erfülltes Leben: Gute Gespräche mit Holger, dann die erquicklichen Abende mit Paula, und wie mittlerweile nebenbei seine Partnerschaft mit Clara, dann seine Fortschritte im Studium. Studentische Freiheit erscheint ihm selbstverständlich und verdient.

Clara jedoch weiß über seinen erwachsenden Geist zu klagen: "Man sagt nur was, und schon kriegt man einen ganzen 'Redeschwall' ab!" - Sie wurde sehr wütend, wieder einmal seine epische Breite - die immerhin auch einiges allzu Dogmatische zu relativieren vermochte - ertragen zu müssen.
Sein 'Redeschwall' war eigentlich ein kleiner Vortrag, mit dem er einiges an Mißverständnissen zwischen ihnen zu klären gedachte...
Sah sie in ihm nur den Menschen, nicht aber den Studenten und Wissenschaftler? Durfte Christoph das in seinem Studium erworbene Wissen nicht auf die Praxis beziehen?
Christoph fühlte sich mittelmäßig gekränkt.

Währenddessen, und als Kompensation zu den Unbillen in seiner Beziehung mit Clara, unterhält Christoph eine weitere Affäre mit einer um einige Jahre jüngeren Studentin. Seinen Freiheitsdrang scheint nichts aufzuhalten. –
Von dieser Affäre ist allerdings nichts Detailliertes überliefert.

Clara indessen réussiert ebenso wie Christoph in ihrem Studium: Sie macht ihre Einsen. Doch konnte sie den Stolz mit Christoph teilen, aus der Klinik an die Universität gegangen zu sein, um dort erfolgreich zu sein? Ihre Klasse schien eher mehr in seriöser Bescheidenheit zu liegen, als in dem manchmal etwas chauvinistisch übertriebenen Auftrumpfen Christophs... –

Christoph, der Liebesdurstige und Anerkennungshungrige, war eher enttäuscht, aber auch ein wenig ungehalten, da seine ernstgemeinten, ehrlichen Gefühle kaum in der von ihm ersehnten Intensität erwidert wurden.

Clara war eben auch Mutter, und hatte über diese Aufgabe und Verpflichtung hinausgehende Anerkennung sehr viel weniger nötig als Christoph.

Christoph war schon etwas mehr als angetrunken, als er mit der U-Bahn sich auf den Weg zu einem Treffen bei Paula machte. Sie erwartete ihn mit Holger zu Besuch. Bahnte sich da etwas an? Eine neue, ihn hintergehende Allianz? Eifersucht und Verlustängste beschlichen ihn: Hatte er nicht sie ebenso wie ihn für sich allein haben wollen?

Clara indes blieb gelassen. Einerseits gönnte sie Christoph seine neu gewonnene Freiheit, andererseits vermochte sie nur wenig gegen sein amourösen Spielchen auszurichten... –

Im seinem enthusiastischen Liebestaumel, von einem Einschreiten gegen eine ihn eventuell gefährdenden Allianz zwischen Paula und Holger, hastet er trunken eine Rolltreppe aus der U-Bahn hinauf, bis er in seiner amourösen Eile stürzt. Benommen und blutüberströmt bleibt er eine Weile regungslos liegen. Das Treffen mit Paula und Holger hat er nie erreicht. –

Clara wird nie davon erfahren. –
Nachdem sie ihn am Anfang der Woche angerufen hatte und sie gute zwei Stunden in der Nähe Christophs Wohnung spazieren gegangen waren, kam er noch auf einen Kaffee mit zu ihr. Sie lebten fast wie einst als kleine Familie in stillschweigendem Einverständnis mit- oder nebeneinander, ja, es machte sich sogar so etwas wie Harmonie breit. Am späten Vormittag des zweiten Tages gingen sie gemeinsam aus ihrer Wohnung, um sich kurz hinter der ehemaligen Grenze zu verabschieden. Sie – das wiedervereinigte Pärchen – wünschten sich ehrlichen und offenen Herzens alles Gute und winkten lange...

Blutüberströmt liegt Christoph am Boden, verzweifelt ob seiner misslingenden Liebesversuche... –

Als er sich Monate später einmal mit Clara zu einem spontanen Spaziergang trifft, sagt sie nur: "Man müsste einiges Erlebte und Gesagte im Leben einfach streichen und vergessen können ..." – Christoph nickt schweigend und küsst sie freundschaftlich auf ihre Stirn.

An der U-Bahnstation kommen Passanten vorbei, sehen Christoph daniederliegen. Er war schon ein wenig bekannt geworden, doch das hatte seinen Anerkennungsdrang selten befriedigen können. Die Passanten bemerken seine missliche

Lage, doch murmeln nur: "So einen *Chauvinisten*, der immer hinter Frauen her ist und sich in der Gegend herumtreibt, sollte man liegen- und verbluten lassen! Findet ihr nicht auch?" - "Ja, natürlich. - Was ist denn noch so los heut' abend?" - Die Gruppe lesbischer Frauen zieht weiter. Beinahe hätten sie noch Steine nach diesem Lump geworfen... –

Er hätte Clara auch ohne Kind lieb zu gewinnen gewusst, doch eine derartige Möglichkeit ward ihm nicht gegeben, denn eben dieses Kind war es, was ihr momentanes Leben zu großen Teilen bestimmte; er konnte sich nicht mit ihr unterreden, ohne daß spätestens im zweiten Satz entweder das Gespräch auf das Kind kam oder eben das Kind seinerseits ihr Gespräch unterbrach. So blieb denn Vieles zwischen ihnen ungesagt ...

Fünf Minuten später kommen zwei Obdachlose des Weges. Sie trinken Bier, unterhalten sich und sehen Christoph blutüberströmt am Boden liegen. Einer von ihnen kennt ihn, da er ihm, als er ihn einmal um eine Mark gebeten hatte, sogar zwei gegeben hatte. Trotzdem ist er bei den beiden nicht unbedingt beliebt, da er seinen Stolz manchmal hochmütig nach außen zu tragen beliebte – vielleicht beneideten sie ihn aber auch ein wenig... –

Onkel Alexandre, Hanna, Holger und Paula: Dies waren Christophs intensivste Bekanntschaften gewesen. Er erinnerte sich ein letztes Mal an sie, während sein Herz immer schwächer nur noch zu schlagen imstande ist. –
Clara hingegen begegnete ihm meist ruhig und gefasst, ja nahezu unbeteiligt an seiner brennenden Seele. Sie war eben die kalte Clara... –

Christophs Gedanken schwindeln ihn ebenso wie seine Kopfwunde und das nie mehr zu erreichende Treffen mit Paula und Holger... –

Noch einmal, wie um ein letztes Mal um Gehör und Mitgefühl für seine vibrierende, zerschundene Seele zu bitten, hebt er seine Hand, bis sie langsam auf den kalten Steinboden heruntersinkt und sein Herz ihm seinen Dienst versagt.

"Ruhe gibt es nicht, bis zum Schluß.

Und dann?

Auch am Schluß steht noch ein Fragezeichen."

Klaus Mann

Herstellung und Verlag:
BoD – Books on Demand, Norderstedt
ISBN 978-3-7322-4959-6